田中千世子 *Chiseko Tanaka*

ジョヴェントゥ　ピエル・パオロ・パゾリーニの青春

MIZUNOWA SHUPPAN

ジョヴェントゥ　ピエル・パオロ・パゾリーニの青春◉目次

第一章 詩人の少年期

1　赤ん坊と揺りかご

一九二二年三月五日、ボローニャに生まれたパゾリーニが産湯をつかったのは、三島由紀夫の「仮面の告白」の主人公のように光を反射する金盥だったかどうか。私たちは知る由もないが、祖母のベッドの巨大さと中庭の薄暗さは彼の記憶にあるという。

父のカルロ・アルベルト・パゾリーニはラヴェンナの旧家出の軍人だった。一、二年の周期で父の任地が変わるたびに一家は北イタリアの都市から都市へ転居をくり返した。

生まれた次の年にパゾリーニはパルマにいた。パルマはスタンダールの小説「パルムの僧院」の舞台となった元パルマ公国の都市である。イタリア統一の前までパルマはスペイン・ブルボン家やオーストリア・ハプスブルク家に支配された歴史を持つ。

パルマの家には婚礼用のベッドが備えられ、両親が眠る足元に置かれた小さなベッドに幼いパゾリーニは寝かされた。

ギリシア悲劇の「オイディプス」を映画化したパゾリーニの『アポロンの地獄』(一九六七年)の冒頭は古代ギリシアではなく、一九二〇年代のイタリアの町が舞台である。ただしその町の境には古代の道しるべが立ち、方角が「テーバイ」と記されている……。

自転車のたてかけられた薄茶色の建物、その中で赤ん坊が黒い服の産婆によって取り上げられる光景が窓越しに描かれる。おそらくパゾリーニが自分の誕生シーンを重ねたのであろう。

次のシーンではベージュ色の水玉模様の夏服を着た、若く美しい母（シルヴァーナ・マンガノ）がピクニックの仕度をして緑のまぶしい草地に出る。赤子は草の上に置かれ、母は若い女たちと軽やかに草地の上を走り、戯れる。赤ん坊は母に置いていかれて、少し不安そうだ。母が赤ん坊を抱きあげて草地を歩き、草に座って乳をふくませる。赤ん坊は幸福そうだ。母もやさしく赤ん坊に微笑むが、ふと顔をあげると、母の顔は何か不安げな表情に変わっている。

次のシーンは乳母車に乗った赤ん坊と父の対面。母はスーツ姿だ。この時が父との初めての対面か、それとも何度目かなのかは、わからないが、赤ん坊を見つめる若い軍人の目は凍っている。人々が二人を残して建物に入ると、父に見据えられて赤ん坊はどうしようもなく悲しい。

パゾリーニが三歳の時に弟のグイード・アルベルトが生まれた。パルマの次のその次の父の赴任地ベッルーノだ。その時の記憶は、曲芸師の夜の記憶とごっちゃになっている。

「ぼくはグイードが生まれるのを待っていたの？」

「そうですよ。弟の誕生を待っていましたよ」

覚えているのは、叔母の一人に「赤ん坊はどこから来るの？」と、たずねて「空からですよ」と、教えられたこと。

だから空を見上げていたのかどうかわからない。広場には大勢の見物人が集まり、皆の頭上を綱渡り芸人がロープの上を歩いて行く。この光景はフェデリコ・フェリーニ監督の『道』（一九五四年）でヒロインのジェルソミーナがうっとりと見上げる綱渡り芸人のシーンさながらではなかったろうか。イタリアの町の建物は三、四階ほどのものが多いから、見上げるのにちょうどよい。天井が高いから、日本の感覚でいうと、四、五階分の高さはあるだろう。

綱渡りの翌朝、パゾリーニは誰よりも先にグイードを見つける。赤ん坊は台所の揺りかごのなかにいた。大人たちはまだ眠っている。赤ん坊が空からやってきたのを知らない。僕が一番で見つけた。それは子どもの頃のパゾリーニの大の自慢だった。

ある朝、母も父も嬉しそうな顔をしている、パゾリーニは母に「赤ん坊は今までどこに隠れていたの？」と聞く。

母は「ママのお腹の中よ」と言う。父もにこやかにうなずく。

ショックだった、とパゾリーニは後に語っている。

赤ん坊がお腹の中にいたことがか、それとも空から来るという話が偽りだったことがショックだったのか。それらが組み合わさったところに三歳のパゾリーニは複雑な衝撃を感じたのだろう。

『アポロンの地獄』の赤ん坊は、母と父が夜会に出た後、軍の宿舎の一室に置いてゆかれる。その後目が覚めた幼子は、既に歩くことができる。暗い部屋をよこぎり、バルコニーまで行くと、向かい側の建物の窓に踊っている両親の姿がカーテンに映る。

夜更けて部屋に戻った両親が愛を交わし、まんじりともせずにベッドに横たわる。父は幼子のベッドに行き、両足首を強くつかむ。

急に画面が古代ギリシアに変わる。赤ん坊は両手両足を縄でくくられて棒に吊るされ、茶色の荒れ地をひとりの従僕に運ばれている。

2 オイディプス王

パゾリーニの映画は『奇跡の丘』（一九六四年）が日本で劇場公開された最初になるが（一九六六年）、映画ファンばかりか幅広く日本人の関心を集めたのは、何と言っても一九六九年に日本公開された『アポロンの地獄』である。強烈な映像が、いまだかつてないギリシア悲劇として著名な映画評論家や多くの有名人や文化人の絶賛と共に紹介された。

その頃、日本で公開される外国映画は、数や話題性からも圧倒的にアメリカ映画で、フランスを中心としたヨーロッパ映画は今より人気があったにしても、中国はもとより台湾・香港の映画も上映されることは稀で、韓国などアジアの映画は韓国映画祭といった特殊な催し以外で上映されることはほとんどなかった。

ただ六〇年代末当時のアメリカ映画は、現在のようにコンピューター処理でモンスターや恐竜や大群衆を登場させたり3Dを使うなど、技術と資本力で世界に君臨するわけではなく、かと言って往年の名作のような大スターの競演もなければ豪華絢爛なシーンがひとつもない、全然ハリウッドらしくない、失意と絶望と反逆をテーマにアメリカン・ドリームの真逆をいくアメリカン・ニューシネマをせっせと製作していたのである。

銀行強盗のボニーとクライドのカップルが暴れまわるアーサー・ペン監督、ウォーレン・ベイティ、フェイ・ダナウェイ主演の『俺たちに明日はない』（一九六七年）を皮切りにブッチとサンダンスの粋なギャングを主人公にしたポール・ニューマン、ロバート・レッドフォード主演の『明日に向って撃て！』（一九六九年）や、ロックががんがん流れる中、ヒッピーの二人組がイーグル・ハンドルのバイクでアメリカ大陸を縦に突っ切る『イージー・ライダー』（一九六九年）、エリート実業家の破綻と絶望を裕福な家々のプールを泳ぎ継ぐことに象徴させたバート・ランカスター主演の『泳ぐひと』（一九六八年）、また家庭生活からドロップアウトする主婦の孤独を見つめたフランシス・フォード・コッポラ監督の『雨のなかの女』（一九六九年）などが主流となっていた。そのコッポラが『ゴッドファーザー』（一九七二年）をつくり、ニューシネマに幕を引くのは皮肉である。

反体制を謳歌したアメリカ映画もアート系（まだミニシアターはなかったから、アート系はごく限られていた）で上映されるのではなく、ふつうのロードショー館で娯楽映画として堂々と上映されており、日常や社会からドロップアウトしたアンチ・ヒーローたちはさらに破滅的な結末を迎える。見る方も自然と同じ気分に染まっていくのだった。

むしろフランス映画の方がアラン・ドロン主演の恋愛ものやジャン・ポール・ベルモンド主演のアク

ションものなどが相変わらず作られており、イタリアでもセルジォ・レオーネ監督、クリント・イーストウッド主演の『夕陽のガンマン』（一九六五年）の流れをくむマカロニ・ウエスタンが作られ、コメディも健在で、そうした映画が日本にもよく入ってきていた。

日本映画はと言えば、一九六五年に東映やくざ映画が最盛期を迎え、『昭和残侠伝』や『網走番外地』シリーズが続き、女やくざの活躍する『緋牡丹博徒』シリーズも始まった頃である。それがやがて『仁義なき戦い』（一九七三年）の実録路線へと移行していき、一方で『一条さゆり　濡れた欲情』（一九七二年）に代表される日活ロマンポルノが「キネマ旬報」誌のベストテンや女優賞に選ばれる快挙をなしとげ、七〇年代はこの二つの潮流が時代の反体制気分を最も強く反映していくのである。

順番が逆になったが、映画に反映された反体制時代を象徴する出来事は、一九六八年に世界的な規模で湧き起る。アメリカではベトナム戦争反対のもりあがりを見せ、西ドイツでは学生たちの大規模な抗議行動がエスカレートし、フランスはパリのゼネストを主体とし、体制転覆も予想された大規模な反体制運動、五月革命を経験するのである。

その状況を『アポロンの地獄』は先取りしたとも言えるが、日本に入ってきたのは、一九六九年の春だったから、衝撃を与えたと言うより、状況に実によくマッチした印象が強かった。

さまざまな権威や既成概念が大きく覆された時代だった。ギリシア悲劇の主人公をローマのチンピラ然とした俳優フランコ・チッティが演じるのは、不自然ではなかったし、オイディプスの父殺しはまさに時代のテーゼでもあった。

しかし、パゾリーニにとってこれはのっぴきならない自分の物語なのである。

一九六七年九月のヴェネツィア国際映画祭に『アポロンの地獄』が出品される。その時の記者会見でパゾリーニはこの作品にかけた思いを語った。

「何年も前から私は思い続けてきました。これをつくるのに、自分は充分に成熟していないのではないか、と。しかし、今はつくってしまった。もう私は年をとったので、映画の素材から分離されると考えたからです」

そして、こうも言う。

「私ははっきりさせたかった。映画は全て幻影であるということを――」

また、パゾリーニはその年の春にフランスの映画雑誌「カイエ・デュ・シネマ」のインタヴューにこんな風に答えている。

「オイディプスの（映画の）中で私は私のオイディプス・コンプレックスを語っています。プロローグに登場する赤ん坊は私です。その父親は歩兵隊将校だった私の父です。その母は教師だった私の母です。勿論オイディプス王の伝説によって英雄叙事詩風に描かれてはいますが、私は私の人生を語っています」

伝説の形で自分の人生を語り、出来上がった映画は、幻影である。というのがパゾリーニと『アポロンの地獄』の関係なのだろう。この映画はヴェネツィア映画祭では受賞を果たさなかった。グランプリの金獅子賞はルイス・ブニュエル監督の『昼顔』に渡り、パゾリーニの映画は主演賞などにも恵

ピエル・パオロ・パゾリーニ（写真協力：公益財団法人川喜多記念映画文化財団）

まれなかった。実際、『アポロンの地獄』は本国よりアメリカや日本での方が人気も評判も高く、熱狂的に迎えられたのである。

当時を回想してパゾリーニは『アポロンの地獄』で二つのことをやりたかったと述べている。

「一つは、隠喩としてのある種の自伝を描くこと。もう一つは、精神分析の問題に対処するために、精神分析に神話を投影させるのではなく、神話に精神分析を投影させること。それでも私はたいへん自由だった。自身の渇望や衝動に従い、ひとつも否定しなかった」

ここでの精神分析とは、オイディプス・コンプレックスのことだ。

「映画の中で息子に対する父の恨みは実際に私が感じたものだ。それは母と息子の関係とはまるで別個のものである。母と息子の関係はきわめて内面的なもの、私的なもので、歴史の外にあり、思想的には非生産的と言えるものだ。一方で父と息子の関係は歴史的であると定義できる。父と息子の間には愛憎の物語がある」

母への強い愛。そこからパゾリーニは芸術家として出発した。

「私は母に深い愛情を感じていた。私の芸術家としての仕事はそこに影響を受けているが、その根源は私自身の底にあったものだ。一方で思想的、意志的で実践的な作家としての活動は、すべて父との闘いによって生まれたものである」

ソフォクレスの原作は、テーバイのオイディプス王の宮殿の前庭から始まる。

国に疫病がはやり、民が次々死んでいく状況を王の力で救ってほしいと嘆願者たちが集まっている。オイディプスは神殿に派遣した義弟のクレオンの報告を待っているところだ。やがてクレオンが帰還し、先王ライオスを殺した者を罰すればテーバイの惨禍は治まるとの神託を報告。次にオイディプスは盲目の知恵者ティレシウスと言い争ったあげく彼よりライオス殺しの犯人が「共に住む自分の子供らの兄弟であり父となり、自分がその腹から生まれた女の息子で夫、自分の父親と同じ腹に種を播いた」ことを告げられる。

映画はプロローグを抜きにしても幼子が荒れ地に捨てられるところから時間軸に沿って話が進む点で、原作とは異なっている。映画ではオイディプスと王妃イオカステの寝所のシーンは何回も描かれるが、ティレシウスを罵って下がらせた後で、興奮したオイディプスが寝所でイオカステと語るところで、王妃はかつてライオス王の子が生まれた時に不吉な託宣があった話をする。ここでオイディプスは自分が呪われた運命にあることを八、九割確信するのだろう。この場面は原作にも映画にもある。ここにパゾリーニはある仕掛けをする。

「私がソフォクレスの原作に付け加えたのは、たとえば性交の前の「マードレ（母）！」というオイディプスの叫びである。精神分析から逸脱しているとは思わない。完全に近親相姦の意識であることは明白で、その意識はこの悲劇全体に漂っている。避けることのできないドラマティックな展開なのだが、ソフォクレスはわざとあいまいにした」

オイディプスはいつも王妃を愛する前にかすかに「愛しい人」と呼びかける。しかし、この場面ではではっきり「マードレ！」と叫ぶ。パゾリーニ自身の近親相姦願望の意志的な顕在化である。

「私がソフォクレスの原作の中で最も愛したのは、人物があまり（これからのことに）準備できておらず、無垢であることだ。大変な困難に直面するにあたって、そんな風に主人公を造形した点だ」

ソフォクレスの造形以上にパゾリーニが造形した主人公はまったく何の準備もできていない。準備と言うと、遠足の準備とか、イヴェントの準備をイメージしがちだが、イタリア語では意識の面、精神的な面でもよくこの言葉が使われる。「心の準備」と言った方がわかりやすいかもしれない。

「インテリのオイディプスとしなかったことで私は批判された。しかし、その批判は間違っている。インテリの言語というものは、探索型だ。何かがうまくいかないと、インテリの言葉は内面に向かい、穴を掘っていく。ところがソフォクレスの『オイディプス』では反対のことが起きる」

原作も映画も主人公は喚きちらし、クレオンやティレシウスを口を極めてののしりまくる。全然内面に向かわない。そしてすべてが明らかになると、オイディプスはわが身の存在を慟哭する。内面へ向かう暇がない。外へ外へと顕われていく。

映画にはエピローグもつく。

オイディプス王を演じた同じ俳優、フランコ・チッティが、現代の物乞いの格好をして笛を吹き、テーバイの伝令だった若者（パゾリーニのお気に入りのニネット・ダヴォリ）に導かれて、現代のイタリアの都市をさまよい、かつて自分が生まれた町にやってくる。

3 母、スザンナ

『アポロンの地獄』でシルヴァーナ・マンガノが二役を演じた母と王妃は、彫刻のように整った貴族的な面立ち、真珠の肌、そしてほっそりした身体が何とも優美である。

マンガノは十六歳でミス・ローマに選ばれ、ジュゼッペ・デ・サンティス監督の『にがい米』（一九四八年）で出稼ぎの田植え女を演じて、はちきれんばかりの肉体美で人気を博すが、その後、意識的に細身の身体をつくりあげ、イメージ・チェンジをはかった。パゾリーニの映画には、イタリアの喜劇王トト（顔が大きく、顔の造作も特徴的なのでマスケラ＝仮面とあだ名された）と共演の『月から見た地球』（一九六七年　オムニバス映画『華やかな魔女たち』の一編）と『テオレマ』（一九六八年）に出演した。

パゾリーニの母、スザンナ・コルッシは北イタリア、フリウリ地方のカサルサの出身である。カサルサは青銅器時代から鉄器時代にかけての記録が残る土地で、古い歴史のある町だ。コルッシ家はなかでも名門のひとつである。オスマントルコ侵攻の一四九九年に果敢に戦ったコルッシ家の先祖の業績が石碑に刻まれている。

スザンナが結婚したカルロ・アルベルト・パゾリーニはラヴェンナの貴族の末裔だ。アドリア海に面したラヴェンナもまた古代ローマ時代から中世にかけて栄えた古い都市である。

貴族の末裔が武勇の誉れ高い家の娘と結婚する。三島由紀夫のデビュー作「花ざかりの森」の「その二」の章段の冒頭を引用しよう。

わたしはわたしの憧れの在處を知つてゐる。憧れはちやうど川のやうなものだ。川のどの部分が川なのではない。なぜなら川はながれるから。きのふ川であつたものはけふ川ではない、だが川は永遠に在る。ひとはそれを指呼することができる。それについて語ることはできない。わたしの憧れもちやうどこのやうなものだ。そして祖先たちのそれも。珍しいことにわたしは武家と公家の祖先をもつてゐる。

これに続く章段ではある夫人が遠い祖先の女人の面影を輝く十字架（女人はキリシタンであったか）とともに見る描写がある。三島は折口信夫の「死者の書」に影響されたのであろうか。藤原南家の姫が輝く面影に誘われて平城の都から徒歩で葛城の二上山のふもとの当麻寺にひとりでたどりつく。姫の見た面影人は、ある時は御仏のイメージであったり、またある時は金髪をたたえた遠い異国の人であったりするが、姫を間近に感じ、土中の棺の中で蘇った死者は、自ら非業の死を遂げた大津皇子（作中では滋賀津彦）と名乗る。「死者の書」は雑誌「日本評論」（昭和十四年一、二、三月発行の号）に掲載された。「花ざかりの森」執筆の一年以上前のことだ。

パゾリーニは父方の系譜について多くを語らないが、母の方は母の母方、父方の祖母や、曾祖父母にまで言及する。母スザンナの母は、ピエモンテ州モンフェッラートの出身だった。ピエモンテ州はスイスにつながる山岳地帯である。子供の頃のパゾリーニはその地を実際に見ることはなかったが、「山《モンテ》」と「鉄《フェッロ》」から合成された地名に思いを馳せると、木々をわたる緑の風を感じるのだった。

母の曾祖母は、ユダヤ系ポーランド人であった。灰色の髪のエキゾチックな美女と出会ったリソルジメント運動のナポレオン軍の兵士が恋に落ちる。兵士は彼女をフリウリに連れてくる。その曾祖母の名前スザンナがパゾリーニの母につけられた。

スザンナは小学校の教師だった。

ある日、美男の将校が彼女の前に現れる。曾祖母の時のように——。

彼はラヴェンナの貴族の伯爵家の出だった。このカルロ・アルベルトは、パゾリーニにとって思想形成のネガティヴな源として位置づけられるが、家族の神話を語る時に、ラヴェンナの貴族というのは、ロマネスクな香りを添える効果がある。そのことにパゾリーニが頓着しないのは、大変興味深い。

三島由紀夫の父は官吏だった。そのことを三島は味気なく思ったことだろう。ただ、父の母は宮家で礼儀作法を仕込まれたことをこの上ない誇りと感じており、それは孫にも惜しみなく継承されたようだ。「花ざかりの森」はその証。

三島の愛した詩人リルケは、自分は母が旅の貴族と恋をして生まれた御落胤だと、思いたがったというが、リルケの実父はもと軍人で、病気のために軍人をやめて鉄道会社で働いていた。富裕な家の出の母は、夫に不満でリルケ誕生の頃、すでに夫婦仲は冷え切っており、両親はやがて離婚する。このリルケの母とパゾリーニの母は子に与えた文学的影響の点で似たものがある。

もっともパゾリーニはリルケをあまり評価していない。ボローニャ大学時代に友人に書き送った手紙の中で、リルケは近代詩の父だと言われたりするが、自分はいいと思わないと述べている。

パゾリーニの伝記を書いたエンツォ・シチリアーノは、二歳のパゾリーニと一緒に写った母スザンナについてその写真の印象を述べる。パゾリーニ関係のいろんな本によく出てくる写真である。背景やポーズがいかにも写真館で撮られたものだ。要約すると――。

幼子と一緒に写った三十三歳のスザンナは、髪は断髪で耳をくっきりと見せ、颯爽とした若さの気概を感じさせる。膝までの毛皮のコートとヒールの靴、ネックレス、そして高慢で自信に満ちた誇らかな表情。

悪意すら感じさせるシチリアーノの皮肉な描写だが、確かに高慢ともいえるゆるぎない自信がスザンナからはうかがえる。『アポロンの地獄』のシルヴァーナ・マンガノが演じた母や王妃と異なるのは、マンガノが時折り見せるもろさがスザンナから全く感じられない点だ。パゾリーニはマンガノが若い頃の母のような桜草の香りを持っている、と言うのだが——。写真のスザンナは意志の強さがあまりに際立っている。それをシチリアーノは現実の場面で直接感じていたのかもしれない。パゾリーニより十歳ほど年下のシチリアーノは作家、評論家で、短編の『リコッタ』(一九六三年　オムニバスの『ロゴパグ』の一編)や『奇跡の丘』(十二使徒のひとりシモンとして)などパゾリーニの映画に出演している。

スザンナの夫、カルロ・アルベルトはラヴェンナの貴族、伯爵家の出で、一八九二年にボローニャで生まれた。パゾリーニ家は十三世紀から続く由緒ある家系である。一族のなかにはイタリア統一後に政界で活躍する者もいた。カルロは父のアルゴバスト・パゾリーニ・ダッロンダを早く亡くし、母のもとで育つ。全財産を相続するが、ほとんど使い果たす。賭け事に夢中になる傾向があったという。

カルロはルキノ・ヴィスコンティ監督の『山猫』(一九六三年)の青年貴族タンクレディ(アラン・ドロンが魅惑的に演じた)を思わせる。タンクレディの場合は、彼ではなく父が財産を使い果たしたために、裕福なサリーナ公爵に引き立ててもらうことを考えながら、軍人となって栄達の道を模索する。時代は激動のリソルジメント。イタリア統一の闘いを展開するガリバルディが英雄となるが、統一後には表舞台から消えていく。一時はガリバルディに心酔して共に闘うことを名誉と思ったタンクレディだが、いつしか理想家から現実主義者に変わり、新興勢力のブルジョア階級の娘の財産とその美貌を愛して結婚する。

カルロも軍人になるが、タンクレディのような野心家ではなかったようだ。衰退に向かっていたコルッシ家にもはや財力はなかった。スザンナが教師になったのも家計を助けるためだ。カルロはスザンナの美しさと知性に惹かれて求婚した。

「私が生まれて、最初の内は母より父の方が私には重要でした。父は愛情深く私を見守ってくれました」と、パゾリーニは述懐する。

4　父、カルロ・アルベルト

一九二六年十月三十一日、ボローニャ。カルロ・アルベルト・パゾリーニは、歩兵隊長としてムッソリーニの車が通るのを見守っていた。この日はムッソリーニが政権をとってから四度目の記念日だ。ボローニャで前日行われたファシストの記念スタジアム創立祝賀に出席した後、ムッソリーニはオープンカーで駅に向かう。

車がリッツォーリ通りとインディペンデンツァ通りの角を速度をゆるめて曲がろうとした時、前方に人影が躍り出た。すぐに軍人のひとりが体当たりをして、銃を持った相手の右腕を跳ね上げる。同時に弾が発射されるが、ムッソリーニ総統は奇跡的に助かる。

カルロは歩兵隊長だった。すぐに暗殺者を取り押さえる。ファシスト行動隊も夢中になって殺人者

ボローニャ。ピエル・パオロ・パゾリーニ揺籃の地

を取り囲み、リンチを加える。むごたらしい死体と変じた暗殺者は十五歳の少年だった。名をアンテオ・ザンボニという。父の印刷所の使い走りをしていた寡黙な少年で、あまり賢くないので、家族から「ポテト」とあだ名されていた。

この事件はイタリアの近・現代史のなかで起きた政治がらみの事件の特徴をよく帯びている。果たしてアンテオは、本当にアナーキストで暗殺者だったのだろうか。彼の他にこの計画に関わった者はいなかったのか。印刷所を経営する父親のマンモロ・ザンボニは、転向した元アナーキストだった。裁判で義妹とともに事件に関与したとの理由で三十年の刑を宣告されるが、一九三二年に恩赦で釈放される。

少年が暗殺者という点では、第一次世界大戦の引き金となったサラエヴォの事件とよく似ているが、背景がかなり異なる。

サラエヴォの暗殺は、たまたま、暗殺者の前でオーストリア皇太子、フランツ・フェルディナントの乗った車が止まったので、そのまま正面から発砲して、暗殺に成功する。彼は逮捕されるが、十九歳の未成年だったために死刑にはされず、牢獄に入れられ、三年後に病死する。名をガヴリロ・プリンツィプという。セルビアの民族運動に参加していた青年だ。

プリンツィプはボスニアの田舎の貧しい小作農の次男だった。首都サラエヴォに兄がおり、兄は成績優秀なプリンツィプの学業を続けさせようと上京させる。プリンツィプは〈青年ボスニア〉に入り、民族主義運動に積極的に参加し、そのため退学となるが、セルビア・チェトニク団の創設者の一人ツィヴォイン・ラファエロヴィッチに見込まれ、射撃や爆弾投下の訓練を受けた後、他の五人のメンバーと共に皇太子暗殺の実行班として持ち場につく。

一九一四年六月二十八日。皇太子の車を狙う六人が間隔をあけて沿道の列に並ぶ。プリンツィプの順番が来る前に仲間が爆弾を投げ、それが失敗に終わる。皇太子を乗せた車は全速力でその場を逃げるが、犠牲になった者を病院に見舞おうということになる。市の中心部を避ける筈だったが、運転手にその変更が伝わらず、途中で車がユーターンする。プリンツィプはカフェのそばにいたが、戻ってきた車がまたユーターンするため、運転手がブレーキをかけた時、エンジンが止まり、車が立ち往生する。プリンツィプは前進して引き金を引く。フェルディナント皇太子と彼をかばった皇太子妃の二人は死ぬ。

暗殺者は青酸カリを飲むが、期限切れで効かず、逮捕される。そして裁判にかけられ、二〇歳に満たない（たった十五日だった）ために死刑ではなく禁固刑となるが、独房の劣悪な環境のために結核で死ぬ。このプリンツィプを主人公に『スクールボーイの死』（一九九〇年）がオーストリアでつくられた。一九九〇年代後半、コーディネーターとして内外の映画祭のプログラミングを嬉々として担当していた私は、オーストリア大使館の協力でオーストリア映画祭を三回ほど開催し、その時『スクールボーイの死』を上映したことがある。プリンツィプは暗殺決行時には学生ではなかったのだが、未成年の学生としてオーストリア国民のあいだで認識されてきたようだ。題名でピンとくるオーストリア人も多いと聞いた。プリンツィプの事件がきっかけで第一次世界大戦が起こり、オーストリア＝ハンガリー二重帝国が崩壊、ハプスブルク家の支配が終わるのだが、そのプリンツィプの映画がオーストリアでつくられ、日本での上映に大使館も協力するところがかつて大国だったオーストリアのふところの深さなのだろう。

プリンツィプの場合、彼のなかのセルビア民族主義がオーストリアを敵と見なし、ユーゴスラヴィアの統一を目指したのが動機だということがはっきりしている。それに較べると、イタリア、ボローニャの「ポテト」ことアンテオ少年の場合、不明な点が多すぎる。暗殺未遂事件が起きた時、ムッソリーニの車を運転していたのは、アンテオの父マンモロの友人の元アナーキストだった。マンモロ・ザンボニは奇妙な言動をする人物で、釈放後、息子も自分も無実だと言うが、その後で主張をひるがえし、ファシストのスパイとして活動した後、第二次大戦後には「前衛イタリア書房」を創始して一九五二年に他界する。

アンテオは父に操られていたのかもしれない。ただアンテオとボスニアのプリンツィプに共通する点もいくつかある。狙う標的の行動が記念日や視察としてあらかじめ告知されていたこと。標的が車に乗っていたこと。武器は銃だったことなどだ。そして付け加えるならば、アンテオの父は十五歳の時にアナーキスト運動に参加してプロパガンダ活動をしており、またプリンツィプの父も若い頃オスマン帝国に対して反乱を起こしたヘルツェゴヴィナ一揆に参加していたことである。

ムッソリーニ暗殺未遂で実行者を捕らえたカルロ・アルベルト・パゾリーニ歩兵隊長は、軍人であることを終生自分の誇りとしていた。それは家のなかでも同様で、退役してからも変わることがなかったという。

第二章 少年の死、若者の死

1　永遠のための殉教者

意識的にぼくは短い青春の終わりに死のうとした。それが永遠に思えたから。

一九四五年、春になる前。北イタリアの少年が殉教に憧れる詩を書いた。少年はそれを詩だとは思わなかったかもしれない。韻も踏んでいないし、比喩も暗喩も何のレトリックもない文が続くだけだったから。しかし、彼の文には魂が刻まれていた。それはまぎれもなく詩人の魂だ。少年は十九歳で、そしてパルチザンだった。

一九四三年九月八日、イタリアは連合国軍と休戦協定を結ぶ。と、素早くドイツが侵攻。幽閉されていたムッソリーニがヒトラーの命令で救出されるや、北のサロに傀儡政権を樹立する。国内はファシストとそれに対抗するパルチザンに分かれ、混乱をきわめた。特に北イタリアのフリウリ地方は、逸早くパルチザン組織がつくられ、活発な運動を展開する。

第二次世界大戦はスイスなどの中立国を除き、多くの国々が連合国側と枢軸国側のふたつに分かれて戦いあったが、それぞれの国や地域で侵略や降伏や中立（不可侵）条約締結や条約破棄など国民を巻き込んださまざまな駆け引きのドラマが展開された。日本とドイツとイタリアはファシズム（全体主義）を標榜する枢軸国であった。ドイツのアドルフ・ヒトラー、イタリアのベニート・ムッソリーニ、日本の天皇、この三者がそれぞれのファシズムの頂点に立っていた。

ところが第二次世界大戦の終結時に、ドイツと日本は敗戦国となるが、イタリアは違った。奇妙な立ち位置で戦勝国となる。ロベルト・ロッセリーニ監督の『無防備都市』（一九四五年）や『戦火のかなた』（一九四六年）で描かれたパルチザンの活動を見れば、パルチザンがイタリア本土に侵攻してきたナチス・ドイツを相手にいかに勇敢に戦ったかがわかり、誰もが感動せずにはいられない。

しかし、一九四三年九月にイタリアに政変が起き、国王ヴィットリオ・エマヌエレ三世と結託したピエトロ・バドリオ元帥がムッソリーニを失脚させて幽閉するや、日本とドイツに内緒で（しかしドイツはイタリアの動きを察知していた）連合国側に休戦申し入れを準備して、戦争の途中から連合国側になったいきさつは理解しづらい。

一九四三年七月二十五日、ムッソリーニは国王に謁見した後、赤十字の車で憲兵隊宿舎に連れて行かれ、身柄を拘束される。最初、バドリオ元帥はムッソリーニの身の安全を守るためとごまかすが、まぎれもないクーデターだった。夜の十一時のラジオ放送でムッソリーニの首相辞任が告げられ、国王と新首相のバドリオの布告が読み上げられる。ムッソリーニ解任はその日の夜七時にはローマ駐在のナチ親衛隊長からヒトラーに情報が渡っていた。それ以前からヒトラーにはイタリアを占領する作戦が計画されており、二十五日の夜半には独軍増強部隊がイタリアへの進駐を開始している。

ラジオ放送を聞いたイタリア国民はこれで戦争が終わったと早合点した。連合国側はしきりにイタリアのファシズム体制を批判していたからファシズムが倒されれば、即平和が訪れると思い込んでいたのだ。翌二十六日、国民は職場を放棄して街にあふれ、あちこちでデモをしたり、ムッソリーニの胸像をたたきこわしたりした。一方、ファシストの最高幹部は我先にと逃亡。バドリオは布告の中で「戦争は継続する」ことと、ドイツに対して「イタリアは約束を守る」ことを保証していたのだが、国民は布告の内容を誤解して、二十四時間の解放感を味わったのだった。二十七日には社会の混乱を防ぐために夜間外出禁止などの戒厳令が布かれ、ファシスト党解体とファシズム代表会議の違憲性が確認された。三十日にはいかなる政党の創設も禁止され、政党に関わる紋章や旗も使用禁止となり、イタリア全国民の統合と融和を表す唯一のシンボルは三色旗であると決められた。

イタリアの新政府はドイツを警戒しつつ、連合国側と交渉を進める。ドイツは連合国相手に戦闘を続けるようにイタリアに迫り、一方、連合国側のウィルソン・チャーチル英首相はイタリア国民を援助することで彼ら自身の力でローマ以南のドイツを降伏させることを考え、また欧州連合最高司令官のドワイト・デヴィッド・アイゼンハワー将軍（後のアメリカ大統領）は、イタリアを解放するために連合国は戦っているのだから、イタリア国民はドイツ軍に対して一切の援助をやめるべきだと説くのだった。すでに連合国軍は七月九日にシチリアに上陸しており、ローマは八月十四日に〈永遠の都〉が爆撃で破壊されるのを避けるために軍備を放棄しての無血開城、無防備都市宣言を行った。

そして九月八日、イタリアの停戦がアメリカのアイゼンハワー将軍により公表される。同時にドイツがイタリアに攻め入る。

イタリアとしては降伏ではなく休戦を願っていたのだが、連合国側との協力次第で終戦時の条件もよくなるからと、十一月の調印では停戦から無条件降伏へと条約が変わる。

九月十二日、ヒトラーの命令でムッソリーニ救出作戦がオーストリア人の親衛隊将校オットー・スコルツェニーのグライダーによるグラン・サッソ襲撃で成功する。この作戦は写真付きで第二次世界大戦関係の書籍で紹介されているが、グラン・サッソのホテルにムッソリーニが幽閉されている情報をつかむと、スコルツェニーはヒトラーからコマンドの指揮を命ぜられ勇んで任務を遂行する。ムッソリーニを監視していたイタリア兵たちも、もと友軍のナチスの将校の行動を阻止する気はなく、ムッソリーニを乗せたスコルツェニーのグライダーが飛び立つと、手を振って見送るのだった。

ヒトラーからファシズムの存続を期待されたムッソリーニは、九月二十三日、北イタリアのサロにイタリア社会共和国を樹立する。明らかにナチス・ドイツの傀儡政権である。連合国側はこれを国家とは認めないが、枢軸国の日本は国家として認めて大使をヴェネツィアに置いた。

イタリア国内はローマ以北のイタリア社会共和国とローマ以南のイタリア王国に分裂し、各地でナチス・ドイツとファシストに対する抵抗運動が始まる。ムッソリーニが独裁体制をとり、ドゥーチェ（総統）と呼ばれていた頃、国民の多くは積極的にファシズムを支持していたが、ムッソリーニが失脚し、ドイツ軍がイタリアに攻め入ると、祖国を守るために抵抗運動を繰り広げるのである。かつてファシズムを支持していたかどうかは関係なかった。

少年が参加したのはドイツ軍とファシストが君臨する北イタリアのフリウリ地方のパルチザンだっ

た。彼の名はグイード・アルベルト・パゾリーニ。ピエル・パオロ・パゾリーニの弟だ。狂おしく殉教に憧れる詩を書いたグイードは、敵がナチス・ドイツや国内の残留ファシストだけではないことを知る。

グイードがフリウリ地方カサルサの家（パゾリーニ兄弟は母の実家に母と共に疎開中だった）を出たのは一九四四年五月下旬。兄のピエル・パオロが途中まで見送る。それが兄弟の永久の別れになるとは二人とも思っていなかった。

グイードはパルチザンの活動を続けながら、ピエル・パオロに手紙を書き送る。そこには彼の所属したオソッポ旅団とやがて対立するようになる共産党系の別のパルチザン組織ガリバルディ旅団のことが出てくる。

親愛なるピエル・パオロ、今日の十一月二十七日（一九四四年）の状況を伝えるよ。隊が再編成される。短期間に六百人がアッティミス・スビト（スロヴェニアに近いイタリア北東部）の谷間で合流する。そこでは二組のガリバルディ旅団と接触することになる。彼らはぼくらの活動を支持しており、ガリバルディ＝オソッポの連帯組織が形成される。そして友愛協定がスロヴェニア人たちと結ばれるんだ。彼らはぼくらの占領地域で既にプロパガンダなんかも始めている。そしてチトーから派遣されたスロヴェニアの一団も来る。

グイードはスロヴェニアのパルチザンと行動原理を共有するコミュニスト系のガリバルディ旅団との共闘を不安に思う。彼が「ぼくらの占領地域」と言っているのは、「イタリアが占領した地域」のことだ。

当時のスロヴェニアは、一九四一年にナチス・ドイツに占領され、またそのアドリア海沿岸部はイタリアの領土となっていた。イタリアはイタリア系住民も多く住む沿岸の都市フィウメを自国領土として第一次大戦の頃から主張しており、第一次大戦終結時にイタリアの主張が多少は通るが、フィウメは一九一九年一月に始まったパリ講和会議で取り上げられ、最終的にユーゴスラヴィア王国に帰属することが決まる。これを不服として、同年九月に文豪ガブリエーレ・ダヌンツィオは義勇兵を率いて一時フィウメに国家を樹立するが、国際問題となり、イタリア政府はダヌンツィオを撤退させる。だが、ムッソリーニが政権をとると、強引な交渉で一九二四年、フィウメを併合する。第二次大戦中の一九四一年に、ナチス・ドイツがユーゴスラヴィア王国を占領するためセルビア、スロヴェニアに侵攻、イタリアはスロヴェニアの首都リュブリャナを占領する。

グイードがパルチザンに参加した時は既にイタリアは連合国と休戦協定を結び、ドイツがイタリア領を占領したので、スロヴェニアに於けるイタリアの占領地はナチス・ドイツに奪われていた。スロヴェニアのパルチザンがプロパガンダを展開していたのは、当時で言えばドイツ占領下の地域になる。だが、グイードには、そこは元イタリアの領土で、それをドイツからイタリアが奪還するのだという気持ちが強かったのだろう。

バルカン諸国の領土問題は歴史的に複雑で、二度の大戦によって諸国間の利害関係はさらに紛糾するが、セルビアとスロヴェニアを中心に整理するとこんな風になる。

第一次大戦のきっかけとなったオーストリア皇太子暗殺者、ガブリロ・プリンツィプはボスニアのセルビア人だった。そこでオーストリア＝ハンガリー二重帝国は、セルビアに宣戦布告。ロシア、フランス、イギリスの三国は、セルビア側に立ち、ドイツ、オーストリア＝ハンガリーに対抗する。トルコ、ブルガリア、ルーマニアは情勢を見ながらドイツ側につく。戦勝国となった暁には領土獲得が保証されたからだ。このためセルビアはブルガリア軍の攻勢を受けて敗退する。イタリアはしばらく中立でいたが、一九一五年にイギリス、フランスの連合国側につく。ギリシアは国王と首相の間で意見対立があり、首相が革命政府を樹立、連合国がそれを承認して王は退位に追い込まれた結果、連合国側で参戦する。アメリカも一九一七年に連合国側で参戦。かくて四年も続いた第一次大戦は連合国側の勝利で終結する。

一九一八年にウッドロゥ・ウィルソン米大統領が民族自決を掲げて、ヨーロッパの国々の独立を促したのがきっかけで一九一九年に始まるパリ講和会議で諸国間の領土問題が調整される。

ハプスブルク帝国は崩壊し、二重帝国を形成していたオーストリアとハンガリーがそれぞれ独立、チェコ・スロヴァキアが独立、ロシア帝国に属していたポーランドも独立するなかで、セルビア、クロアチア、スロヴェニアの三つが合体して後にユーゴスラヴィア王国が成立する。ボスニア・ヘルツェゴヴィナもこの中に含まれる。

ドイツは一九一八年十一月九日、ベルリンに革命が起き、ドイツ帝国は倒れ、皇帝退位（ウィルヘルム二世は国外逃亡）を発表し、共和国となり、降伏。そしてあまりに理想的な民主主義を憲法に盛りこんだワイマル共和国が誕生するが、敗戦国として戦勝国から負わされた巨額の賠償金に経済が疲弊、また一九二九年の大恐慌で経済も社会も大打撃を受ける。そうした背景を利用してヒトラーが政権を掌握する。

一九三八年三月、ドイツはオーストリアを併合。当初オーストリアではドイツとの合併の是非を決める国民投票が予定されていたが、早めにドイツ軍が進駐すると、国民の大半が熱烈歓迎して受け入れたため、オーストリア併合が投票前に成立。その結果、第二次大戦終結までオーストリアという国は一時なくなる。同年九月にはミュンヘン会談でヒトラーの要望が通り、チェコのズデーデン地方がドイツに割譲されることが決まる。

一九三九年九月、ドイツ軍のポーランド侵攻により第二次世界大戦が勃発。

一九四一年四月、ナチス・ドイツはユーゴスラヴィアを攻撃し、占領する。ユーゴスラヴィア正規軍は壊滅するが、民衆による抵抗運動が始まる。それがユーゴのパルチザンの出発点だ。この抵抗組織は二つあり、一つはチトー（本名はヨシップ・ブロズ）率いる共産党を中心とするパルチザン部隊、もう一つは降伏を拒否して結成された元ユーゴスラヴィア軍のセルビア人将兵たちの〈チェトニク〉部隊である。〈チェトニク〉の名称は、プリンツィプらを洗脳しオーストリア皇太子の暗殺を指揮した首謀者の属していた組織の名に由来する。チェトニクは反共主義で、チトーのパルチザンと敵対。

チトーは父がセルビア人で母がスロヴェニア人、先祖はハプスブルク帝国のクロアチア領の農奴だった。一八九二年クロアチアの寒村に生まれたチトーは、小学校に四年通った後、ウエイターや錠前工など、さまざまな職を経験し、一九〇九年に労働組合の話を聞く。クロアチアでは十九世紀の中ごろに労組が生まれ、一八九四年に社会民主党も組織されていた。社会主義に関心を持ち始めたチトーは、社会主義の新聞やパンフレットから日本で大逆事件が起こり、十二人の社会主義者が死刑になったことなどを知る。第一次大戦で徴兵され、ロシアの捕虜となりウラル山脈の捕虜収容所に送られると、捕虜たちのデモを組織、逮捕されるが脱走し、サンクトペテルブルクで反政府デモに参加、逮捕、逃亡の果てに一九一七年十一月、シベリアで赤軍に参加、一九一八年にはロシア共産党に参加し、一九二〇年にユーゴに戻ると、ザグレブでユーゴ共産党に入党する。しかし、ファシズム化の道を歩むユーゴでは一九二一年以来、共産党は非合法化される。地下活動を展開するが一九二八年に逮捕され、収監を経て、一九三四年に出獄する。故郷の村に永住することが義務づけられるが、官憲に無断で村を出て、チトーという変名をつかい、ザグレブで活動を続け、一九三五年にユーゴ代表としてモスクワに行き、翌年ユーゴに戻る。一九四一年四月にドイツがユーゴを占領すると、国王の政府はロンドンに亡命し、そこからチェトニクに指令を出したりしたが、国内ではチトーのパルチザン活動が活発化する。

チトー率いるパルチザンは北イタリアのパルチザン組織をも併合していくようになる。イタリアのパルチザン組織はそれぞれ思想的、宗教的にさまざまな特色を持っていた。グイードの所属したオソッポ旅団は、郷土を基盤にしたパルチザン組織で、カトリックや社会主義者や自由主義者などから構成されており、共産主義者はいない。赤い星ではなくイタリアの三色旗こそがグイードたちが守るべきシンボルであった。

グイードは祖国愛、郷土愛の強い若者だ。兄ピエル・パオロへの手紙にそのことがはっきり浮かび上がる。一九四四年五月末に別れてからグイードは時々家に手紙を送り、自分たちのオソッポ旅団がガリバルディ旅団に影響されることへの不安をしたためている。それがやがて現実となる。チトーの影響を受けたガリバルディ旅団の幹部たちは、フリウリにソヴィエトを作ることを考えている、とグイードは書く。

ガリバルディ旅団の名が、千人隊を率いてイタリアを統一した十九世紀の英雄ジュゼッペ・ガリバルディに由来するのは明らかだ。一方、グイードの属するオソッポ旅団は、一八四八年にオーストリアの軍隊に抵抗して七ヶ月戦ったオソッポの町からとったものだ。郷土愛を何よりも優先するパルチザンであることがその名前からもうかがえる。

2　いつか僕もそこへ行く

グイードの死の知らせは、何ヶ月も遅れてスザンナとピエル・パオロの元に届いた。一九四五年五月。最初は山からおりてきたパルチザンのひとりから道であったパゾリーニにそのことが告げられ、数日後に母の元に公の知らせが届く。打ちのめされ、絶望の淵に沈んだ母と子は何日も家から出なかった。四月二十七日にムッソリーニは射殺され、二十九日にイタリア社会共和国は連合軍に降伏、北は解放され、内戦は終結した。

八月、パゾリーニはボローニャ大学の友人ルチアーノ・セッラに長い手紙を書く。セッラはパゾリーニと同人誌を発行した仲間だ。パゾリーニはフリウリ地方カサルサの母の実家に疎開している間、しょっちゅうセッラに手紙を送っている。

次に掲げるパゾリーニの手紙は、一九四五年八月二十一日ヴェルスータにて書かれたものだ。カサルサは交通の要所だったために連合国軍の爆撃が激しさを増し、危険を感じたので、一九四四年の秋にパゾリーニと母はパゾリーニが詩作のために間借りしていた近在のヴエルスータの家に引っ越し、ここで子供たちのための学校を開いていた。

＊

親愛なるルチアーノ

七月十四日付の君の手紙を受け取った。素敵な、慰めになる手紙だ。君はひんぱんに僕に手紙を書こうとしてくれている。郵便はとても遅いのに。君は君のことをたくさん書いてくれたけれど、僕は君も知っているたった一つのことしか書けない。僕の母と僕を打ちのめした不幸のことだ。その忌まわしい不幸は山のように巨大で、僕たちはその障害を越えて行かなければならなかった。時間がたてばたつほど、遠ざかれば遠ざかるほど、その山は地平線上に一層高く恐ろしく見えてくるのだ。泣かずに書くことはできないよ。僕を次々襲うさまざまな考えは、涙のように僕を混乱に導く。第一に僕は試すことができなかった。ひとつの恐怖が、生きることへの嫌悪が、そして予期せぬ励ましが、ある運命の存在を信じることであって、それから逃げることはできず、だからこうしたことは人間的には正しいのだということを――。君はおぼえているかい。グイードの熱狂ぶりを。何日も何日も僕のなかで強くなっていくフレーズは、それなんだ。彼は彼の熱狂より長生きすることはできなかった。あの子は寛大で、勇気があって、純粋だった。信じられないほどだった。彼は僕たちよりずっと善良で、いま、彼の生きている時の姿を、彼の髪や彼の顔、彼の上着なんかを思い浮かべると、言語を絶する残酷なまでの苦悩を感ぜずにはいられない。記事に何を書くのか君は訊くけれど、何も言えないよ。ママはここにいて、台所の仕事をしている。僕は自分が泣き叫ぶのを彼女に見られないように努力しなければならない。今、僕の慰めとなる唯一の考えは、エッセイになるようなことではないんだ。現状をやりすごして、事態を認めていくことではない。こうした諦めはエゴイズムだし、残酷で非人間的だ。恐ろしい静けさの中に死んで横たわっている可哀想なあの子に必要なのはそんなことじゃない。必要なのはいつまでも終わることなく彼のために泣いてやることだ。なぜならこれだけがかろうじて彼を破壊した巨大な不正義に見合うのだから。それでも僕たちの人間らしい自然は、僕らが立ち直って、時がくるまでなおも生きることを僕らに許すほどなのだが。だから僕の慰めとなる唯一の考えは、僕だって不死ではないということだ。単にグイードはいつもの寛大さで僕の先を行ってくれたんだ。ほんの数年だけ早めに、いつか僕も行くことになる無へと。こんなにも身近になってしまったから、今までは非人間的で恐ろしく暗くて遠いものだった死が、そこにグイードが入ってしまってからはこんなにも明るく見える。無限で、そして無であり、完全に正反対だった時間が、家族のような顔つきを持つようになった。グイードがいる。僕の弟だよ、わかるだろ、二十年間僕のそばにいて、同じ部屋で眠り、同じテーブルで食事をしたグイードだ。だから彼がこんな風にそっちの方へ入ってしまうなんて僕らにはとうてい理解できないし、不自然きわまりない。グイードはとても善良で寛容だったから、きっと自ら犠牲となって大好きで信じ切っていた兄の僕のために（死を）見せてくれたのかもしれない。

ルチアーノ、こんな風に言えるかもしれない。彼は自ら死を選んだ、と。死を望んだのだ、と。僕たちが（ドイツに占領され）隷属させられたあの日からずっとそうだった、と。一九四三年九月十日に彼と彼の友だちは、何度も命を危険にさらしていた。カサルサの飛行場からドイツ軍の武器を奪おうとしてね。そのために彼の友人のレナートは一九四三年の秋、危険の高い企ての最中に片腕と片目を失った。けれども彼らはそんなことで企てを中止したりしなかった。むしろそれからも春の間中ずっと夜になればカサルサの壊れた家の壁に落書きしてプロパガンダを続けていた。今でも落書きの文字が読めるよ。「その時は近づいた！」とね。そしてルチアーノ、僕たちが逮捕された時のことを思い出してくれ。僕はそのプロパガンダの落書きで有罪と言われた。あれはグイードの仕業だったのに。その頃からだ。僕らへの警戒が始まり、実際腹立たしいほどだった。僕たちはよくヴェルスータに眠りに行ったものだ。グイードは多くの時間をかけて、決意した。山へ行ってパルチザンになる、とね。そして一九四四年五月末に彼は出発した。このままヴェルスータに隠れている方がいいと説得するのは無駄だった。僕は彼の出発を助けた。ある朝早く彼は家を出た。僕らはボローニャ行きの切符を一枚手に入れて、これは彼の旅の半分だと皆には言っておいた。恐怖が最大限に達した日々だった。警戒態勢も厳しさを増していた。彼の脱出はかなりドラマティックだったと思う。僕たちは駅の裏の原っぱで抱き合い、キスをした。それが彼を見た最後だった。彼はスプリンベルゴに向かった。そして遂にピエルンゴに着くと、オソッポ部隊に組み入れられた。その伝説的な活動が始まるが、それについて僕はあまり知らない。彼からの手紙は稀で、活動についてははっきりとは書いていなかった。その頃カルニアの山々には愛国者たちが跋扈していたが、数は少なく、規模も小さかった。グイードの部隊は六人か七人ぐらいだったが、ちゃんとした小隊に見せなければならなかったから狂おしいほど激しく山を動き回っていた。九月に母は彼を探しに行った。その頃彼はトッレのサヴァルニャノにいた。トリチェジモの上の方だ。そこではちゃんと規律が保たれ、パルチザンたちはよく組織され、モラルも高かった。その後、十月、十一月になると彼らはどんどん攻撃的になっていった。黒シャツ隊（ファシスト）やドイツ軍のためにそうならざるを得なかった。そして記憶に残るパルチザンの攻撃性は、フリウリ人なら決して忘れることのできない事件をひき起こすのだ。この時の恐ろしい混乱のなかで、グイードは恐怖の時間を過ごさねばならなかった。僕に宛てたとても長い手紙にその証言が残っている。ついにパルチザンは再組織され、グイードはムジにいた。友だちのロベルト・オルランディィや〈ジーノ〉、〈エネア〉と一緒だ。その頃、というのは一九四五年の一月だが、彼の活動は最高に英雄的なものになっていた。隊長の〈ジーノ〉が僕に話してくれた。もし自分がグイードのことを書かねばならないとしたら、彼はいつだって危険な特殊な任務につかずにはいられなかった、と書くとね。彼はグイードが任務を果たすのを見ていた。繰り返して言うけれど、グイードはそんなことちっとも僕には教えなかったよ。彼を讃美し、感動せずにはいられない。結局グイードとロベルトは孤立していく。ムジには百人もの敵のコサックたちが集まってきていたからね。彼らは山の方に撤退してきて、撃ちまくる。平静さと冷酷さを持った古強者たちだ。そこに十九歳の少年たちがいるんだ。ほとんど接近していたけれど、コサックたちが撤退するまで一瞬たりとも冷静さを失わず、抵抗し続けねばならなかった。それから一カ月たった二月七日にグイードは死んだ。彼はもしかしたら生きることができたかもしれない。ここに今もいて、彼の部隊と一緒に幸福で栄光に満ちて、母さんのそばにいられたかもしれない。しかし、いろんな出来事が彼に命か自由かどちらかを選ぶように迫ったから、彼は自由を選んだのだ。つまり、忠誠と寛大さと犠牲を選んだ。何か月もの間、裏切り者たちのグループは、自由を裏切るように、チトーに身売りするように迫ったけれどね。あの地域のオソッポ隊員たちのリーダーは、デ・グレゴリス（ボッラ）だった。グイードはそこの参謀本部に所属していたのだけれど、彼らは僕らの敵のチトーの列に入れという共産党系スラヴ人たちの要求に従うことは望まなかった。一九四四年十一月の終わりに事態は緊迫した。ガリバルディ部隊のなかには目的も理由もなく、憎悪と不気味なエゴイズムのみで参加し、武装している失業者と無法者の一味も紛れ込んでいた。その一味は徹底捜索から逃げてきたふりをしてボッラに迎えられたが、彼らは突然仮面を投げ捨て、ボッラを射殺し、目をくりぬいた。エネアをなぶり殺した。そして少年たち十六、七人を捕虜にすると、ひとりずつ全員を殺していった。ムジの近くのマルゲで起きたことだ。その日、僕の弟はロベルトや他の仲間とムジにいた。弟はボッラにいくつかの命令を伝えるために移動していた。そこで最初の銃声が聞こえた。逃げてくるものがいた。彼は「逃げろ！　引き返せ！」と叫んだ。もはやなすすべはなかった。皆はすぐ撤退しようとしたが、弟とロベルトは違った。彼らは戻って見ることを望んだ。可哀想な少年たちを助けられないか、と。しかし、百人もの裏切り者たちのことを考えると、留まらざるを得なかった。数日後、これらの勇敢な若者たちにガリバルディ＝スラヴの連合隊列に入って戦わないかという誘いがあった時、弟たちは拒絶した。自分たちはイタリアと自由のために戦うのであって、チトーと共産主義のために戦うのではない、と。かくして弟たちは野蛮な方法で皆殺しにされた。それからイタリアが解放されて、彼らの葬式は、数か月後に遺体を掘り起してウーディネで厳粛に行われた。今、グイードはカサルサの墓地で眠っている。

グイードは行動隊に参加した。ルチアーノ、ここに彼の手紙がある。そこから引用するよ。「兄さんにぼくたちの行動隊の計画の写しを送るね。とってもすごいんだ。行動隊の人たちは穏やかで律儀で真のイタリア人だよ。エネアはとってもセッラに似てるんだ」。彼はとても君のこと、好きだった、ルチアーノ。そのことを僕は泣きながら書いている。彼はパルチザン名の「エルメス」で呼ばれていた。そのことは詩人のパリーニを思い出させる。君はまだ何も言ってくれないけれどね。これが僕の弟が僕と僕の友人たちにそそいだ愛だ。僕らと僕らの感情に対する彼のこうした評価（それゆえ彼は死んだのだ）のすべてがいつも僕を苦しめる。できることなら何らかの方法で彼と代わってしまいたい。彼の殉教は無視されるべきではないよ、ルチアーノ。彼は君に何かを書こうとした。このことは僕たちの可哀想な母さんにも大きな喜びになるかもしれない。母さんはどんな代償を払っても自分の息子が死んだ理由を知りたがっているのだから。この調子で続けることはできない。苦しくなるからだ。

エネア（ガストーネ・ヴァレンティ）は君に似ているそうだが、ウーディネの人だ。彼は殺される時「イタリア万歳！　自由万歳！」と叫んだ。そしてまだ力が残っていたから「仲間たちに伝えてくれ、自分は行動隊のために死ぬ」と苦しい息の下で言った。こうした状況に促されたら、僕もこの行動隊に入っていたと思う。

ルチアーノ、速く手紙をくれ。それからこの手紙をみんなに見せてくれ。一人一人に書く気にはなれないから。君から手紙のことを言ってくれ。そしてみんなに出さなかったことを謝っていた、と伝えて。できればファロルフィとマウリには君から内容を書いて送ってほしい。

君とみんなにキスを。ピエル・パオロ

3　手記

グイードは兄の詩が大好きだった。彼が最後に家に寄越した一九四五年一月の母宛の手紙にもそのことが書かれている。差出人はアメリア、女の名前だ。偽名をつかうことはパルチザンの基本だった。

ぼくのことはあまり心配しないでほしい。ここはとてもよく組織だっているからね。たとえば、そうクリスマス（わがままでセンチメンタルな不満を除いてしまえばいいクリスマスだった）。最高のディナーとは言えないけれど、ぼくは二きれのおいしいパネットーネを食べた。午後の五時にはバターとマーマレードつきのタルトを紅茶と一緒にとった。夕飯のあとはおいしいコーヒーを飲んだ。同じように正月も過ごしたし……。

だからぼくはみんなにうらやましがられている。ピエル・パオロの書いたものをぼくはしびれをきらしながら待っている。ぼくへの手紙にはどうか忘れずに彼の詩を書き写してね。

二月にグイードは死ぬが、その知らせは四月にイタリアがドイツの占領から解放され、戦争が終結した後もなかなか届かなかった。

冬の間中、夜明けとともに母のスザンナは目を覚ますとシジュウカラのさえずりを聞き、それが息子の帰還を告げているように思えたという。

オソッポ旅団のメンバーで犠牲になった少年たちの多くはフリウリ地方の者だった。郷土を襲った残虐な記憶は、癒されなければならない。一体何が、どのようにしてなぜ起きたのか。すべてが明らかにされるべきだ。

グイードたちが殺されてからやっと死の知らせが届き、犠牲者たちの合同葬儀が行われてから、パゾリーニはオソッポ旅団の幹部の一人からグイードの働きぶりを聞かされた。八月のルチアーノ・セッラへの手紙からそのことがわかる。実際、その手紙にはガリバルディ旅団に無法者が紛れていたことも書かれている。また、ガリバルディ旅団の核は共産主義者であり、チトーを指導者とするスロヴェニアのパルチザンと連携していたガリバルディ旅団がグイードの所属するオソッポ旅団を自分たちの路線に組み入れようとしていたことも、家に届いたグイードの手紙から知ることができる。その後、関係が悪化して虐殺が起きた。だが、具体的に誰がどんなふうにしてグイードたちを殺したのか、理由は何だったのか、それがはっきりしない。

また、この事件はイタリア共産党（ＰＣＩ）史に於いても重大な意味を持つ。戦後何度もこの事件について調査や研究、考察が重ねられ、毎年のように「〈ポルッス〉から七十二年後」、「七十三年後」として追悼記事が更新されていく。

一九九七年には映画もつくられた。

ヴェネツィア国際映画祭

タイトルは虐殺の起きた地名をとり、Porzus《ポルッス》である。監督はレンツォ・マルティネッリ、一九九七年のヴェネツィア国際映画祭で上映された。

イタリアの新聞でこの映画のことは撮影中から知っていた。完成したニュースも流れたので五月のカンヌ国際映画祭に出るのかと思っていたが、八月末のヴェネツィアになった。マルティネッリ監督もカンヌを狙っていたが、コンペティション部門に選ばれなかったのだ。カンヌだけではないが、国際映画祭にはそれぞれの思惑があるから、この映画の持つ重要性が理解されなかったか、あるいは忌避されたか、他の作品とのバランスで外されたか等々の推測ができる。ではイタリアの映画祭ならグランプリか、というと、そうではなく、大きな話題をまいたが、受賞には結びつかないどころか、コンペティションとは別枠の特別上映という扱いだった。残虐でド派手なアクション満載のパルチザンの黒い裏面史を暴いた映画という印象が強かったからではないかと思う。映画祭に臨んだマルティネッリ監督は映画について「レジスタンスの黒いページ」だと言いきっている。主人公はガリバルディ旅団のリーダーのひとり、ジェコである。彼と仲間の服には共産主義を示す赤い星がついている。ドイツ軍とイタリア国内のファシストを敵として戦っていたパルチザン同士でなぜ虐殺が起きたのか？

ヴェネツィア映画祭で見た時のノートを引っ張り出してその時の印象を確認すると、パルチザンが獣のように森を駆け巡り、敵の目を恐れながら、素早く食べ、物資を調達し、仮眠してはすぐに移動を頻繁に繰り返していることにまずは驚いたのであった。映画の前半はジェコの神出鬼没の活躍がメインである。彼は仲間の尊敬を集めるまぎれもない英雄だった。ところがスパイ事件をきっかけに疑心暗鬼の独裁者に豹変していく。スパイの疑いをかけられたのは女だった。ジェコの問い詰めに彼女はドイツ兵と通じていたことを告白する。恋人だから、と。ジェコは躊躇せずに彼女を射殺、その延長でオソッポ旅団の指導者のいる雪中のアジトを襲い、まず指導者を、それから配下の者たちを次々殺していく。襲われたオソッポ旅団は突然の受難に驚くばかりだ。別の隊にいたオソッポの指導者たちは雪中に掘られた大きな穴に入れられる。その時、ジェコの同志だったガリバルディ旅団の男が反対する。そして自分を撃てと、穴に自ら入る。「お前のやっていることはファシストと同じだ。俺らはファシストとドイツ兵に対して戦っているのではないか」

男は処刑間際のオソッポの幹部たちのように自分も裸になって叫ぶ。「殺せ」と。その勢いに圧倒され、錯乱した若い兵が彼を撃つ。かくて大虐殺はますます凄惨さを増してゆくのだった。グイードを含むオソッポ旅団の少年たちも犠牲となる。この惨劇は一九四五年二月七日から十八日まで続いた。

映画の中でジェコというパルチザン名で呼ばれるのは、実際はジャッカというパルチザン名を持つ、一九一二年、北イタリア、ヴェネト州のパドヴァに生まれたマリオ・トッファニンである。七歳の時、父がトリエステの造船所で働くことになり、一家は引っ越した。同じ造船所でトッファニンも十五歳から二十八歳で徴兵されるまで働くが、十七歳ごろからイタリア共産党に接近し、二十一歳の時（一九三三年）に入党する。トッファニンが徴兵されたのは第二次大戦中の一九四〇年で、イタリアは近い将来の参戦を見越していた。三ヶ月の訓練の後、彼はユーゴスラヴィアに逃れる。ナチス・ドイツとファシスト・イタリアによるユーゴスラヴィア侵略が始まると、トッファニンは任務を与えられ、レジスタンス活動のためのパルチザンを組織していく。そして一九四一年から一九四三年までクロアチアで戦いを続ける。

トッファニンにとって故郷よりも故国よりも共産主義が優先されることは、その後の彼の人生を見るとよくわかる。ただし彼の信奉する共産主義は、イタリア共産党の生みの親であるアントニオ・グラムシの唱えた人間の顔をした共産主義でないことは、ポルッスの虐殺で明らかだ。

トッファニンがレジスタンスを始めた当時のクロアチアは、ナチス・ドイツのユーゴスラヴィア侵攻を機にクロアチア独立国を樹立した独裁者アンテ・パヴェリッチの支配するファシスト国家であった。パヴェリッチが一九二九年に創設したウスタシャは、第一次大戦後に誕生したユーゴスラヴィア王国がセルビア人主導だったためにクロアチア人の間で不満がつのり、それに乗じて勢力をのばす。

パヴェリッチはウスタシャ創立当初イタリアのムッソリーニから援助を受けていたが、一九四一年以後、ナチス・ドイツとの関係を強化していく。アウシュヴィッツ収容所をまねたヤセノヴァッツ収容所では、セルビア人やユダヤ人、ジプシー、そして反体制派の人々を収監した。処刑者には墓穴を掘らせ、背後から銃殺する方法をとった。これは映画『ポルッス』のなかで象徴的に再現される。ウスタシャによるセルビア人虐殺は、ジェノサイドである。

このクロアチアのファシスト政権ウスタシャに対してレジスタンス活動をしていたトッファニンが一九四三年四月に逮捕された時、ウスタシャの残虐さを間近に見たはずだ。処刑される危険があったに違いない。だが、トッファニンは仲間の反ファシスト派たちと共に四ヶ月後には脱走する。

一九四三年九月八日にイタリアが連合国との間に休戦協定を結ぶと、トッファニンはイタリアのトリエステに戻る。そしてウーディィネのパルチザン行動隊の指揮をとり、オソッポ旅団の幹部とその隊員たちを惨殺する。ウーディィネのイタリア共産党連合は、最初オソッポ旅団を襲ったのはドイツ軍とファシストたちの仕業だとしようとしたが、犯人がトッファニンであることはすぐ明らかになった。フリウリのガリバルディ旅団の政治委員のマリオ・リッツェロは真相を知るや、すぐにトッファニンとその配下の隊員たちに死刑決議を下す。が、トッファニンはユーゴスラヴィアに逃亡し、そこでパルチザンとして表彰される。だが、ユーゴがソヴィエトと決裂し、コミンフォルムを離脱すると、彼はチェコ・スロヴァキアに行く。一九五一年にイタリアのルッカの重罪裁判所で本人欠席のままポルッス事件の審議が始まると、トッファニンは終身刑となる。そして一九七八年、アレッサンドロ・ペルティーニ大統領時代にトッファニンに恩赦が与えられるが、非難轟轟であった。その後イタリアとの国境に近いスロヴェニアのセサナに移り、トッファニンは一九九九年に死ぬ。彼はイタリアを共産主義化しようと思っていたようだ。

グイードの死を知らないピエル・パオロにとって一九四五年の前半は、創作の意欲が大きなうねりとなって彼を覆いつくすほどだった。パゾリーニがカサルサ地方の青年たちとともに始めた詩や音楽を愛する文化活動体「アカデミウタ」の立ち上げ。それは二月十八日、グイードの死から六日後だった。

戦争は終わらず、連合軍の空爆は激しさを増していたが、爆弾何するものぞ！ の情熱がパゾリーニと仲間の若者たちを突き動かし、文学や音楽へと向かっていった。

パゾリーニはボローニャの友人たちと文芸誌「エレディ」を始めた一九四一年頃、カサルサからフリウリ語の詩を手紙と一緒に送るが、ボローニャの友人たちはその詩をあまり評価しなかった。イライラしながら友人たちに理解を促す手紙を彼は頻繁に送っている。青年期のパゾリーニが友人にあてた手紙は自分の考えや思いを書き連ねる一方で相手に返事を促すことが多い。なぜ手紙を書いてくれないの、と親友（特にパルマのフランコ・ファロルフィへの手紙はロマンティックな恋文のよう）ならではの愚痴や甘えの混じったものもあれば、率直に問い詰める類のものもある。

なかでもフリウリ語の詩に関しては、皆の理解がないことを論理的に激しく攻撃する。また、ルチアーノ・セッラが書いた詩についてこれはよくてあれはダメといったパゾリーニの評価が相手には快くなかったこともパゾリーニがその次に送った手紙からわかる。実際、ひとつひとつの詩の品定めを指導者的視点から遠慮なく展開している手紙もある。

セッラをはじめボローニャ大学の友人たちとは異なる文芸の友の輪がカサルサにできるのは、パゾリーニが母の故郷のカサルサで詩をつくる意欲に強く突き動かされるようになったからだろう。同時にセッラたちと始めた「エレディィ」に物足りなさも感じていたのかもしれない。

セッラとはギムナジウム（中学校）時代から友情をはぐくんできた間柄だ。当時の友人たちはその後それぞれ文芸の道で各自の活動を続け、長く生きながらえた。セッラの得意分野は詩とスポーツ。パゾリーニもサッカーを始め、水泳やスキーが好きだったから似ている面もあるが、パゾリーニの手紙から推測するに、セッラは理論が勝ちすぎる傾向があったように思う。グイードの死でまだパゾリーニが精神的に回復できていない頃、それを書いて発表することで、乗り越えるようにセッラはパゾリーニに手紙を寄越し、それに対する個人的な長い返事をパゾリーニが書いたことが先に引用したその手紙から分かるだろう。パゾリーニが書かなかったので、セッラは自分でグイード追悼文を書いて発表している。グイードはセッラに憧れていたからそれでよかったのかもしれない。パゾリーニ自身は以後の人生で何度もグイードの死を言葉にして反復する。

そうした知の冷静さはセッラの個性か、それともボローニャ大学生の特徴だったかどうか。パゾリーニがどう思っていたかは、ドキュメンタリー映画『愛の集会』（一九六四年）で彼のインタヴューに答えるボローニャ大の女子学生の上品な保守性から自ずと明らかだ。

カサルサのパゾリーニが始めた雑誌“STROLIGUT《ストロリグト》”（暦）はフリウリ文化とフリウリ語を前面に出したものだ。パゾリーニは農民たちのフリウリ語は耳でよく理解したらしいが、自分からフリウリ語を話すことはなかったようだ。だからフリウリ語で詩を書く時、あるいは最初にイタリア語で書いた詩をフリウリ語に直す時はフリウリ語辞典を活用した。おそらく他のメンバーもそうだったのだろう。その“STROLIGUT”（暦）の一九四五年八月号にグイードの詩が載った。パゾリーニ家にグイードの死の知らせが届き、葬儀も行われた後の刊行である。この詩は正確に言うなら詩的手記だ。リルケの「マルテの手記」が詩のようであるのによく似ている。

*

生者のための殉教者

意識的にぼくは、短い青春の終わりに死を追い求めた。死はぼくには永遠のように、他のものでは替えられない唯一のものに思えたが、ぼくには運命的なものだった。

意識的にぼくは、この世にぼく自身や両親や兄や君たちと共に存在することの空な喜びを断念した。

しかし、ぼくはこのぼくの断念をたったひとりの生者が理解できるだけの拷問で支払ったのだ。

意識的にぼくは殉教者になった。一年間の闘争と、飢えと、苦痛と、忍耐と、戦争の後で——。それでも価値ある存在だったわけでは全然ない。何もないのだ。死の恐ろしい沈黙とこの生との間には比較できるものなどないのだから。

いま、ぼくは殉教者だ。ぼくは君たち生者に向かう。ぼくの人間的な偉大さで君たちをおとしめるためではない。その偉大さはまだ二十歳にもなっていない者の無垢な寛大さとともにそれ自身培われたものだが、それはぼくと共にこの全き沈黙のなかで終わりをとげる。そしてぼくはいかなる類の報酬も望まない。ぼくをこの信じがたい犠牲へと導いたものは、ぼくの心の狂熱だ。ぼくはぼくの狂熱よりも長生きすることはできなかった。だからぼくは認める。これがぼくの運命だ、と。

ぼくは君たちに向かう。ぼくを死へと導いた感情を、そしてぼくを殉じさせる理想のことを忘れないでほしい、と。

イタリアは落ちない。ぼくはその歴史に於けるここ数年の出来事さえ決してイタリアを損ないはしなかったと思う。イタリアの偉大さはその精神性だ。そしてイタリアはいかなる困窮をも越えてそびえたつ。この精神的な偉大さゆえにぼくは死ぬ。祖国の悲惨を前にして気力をくじく人に向かってぼくは言う。その歴史に於いてイタリアは殉死して祖国を栄光あるものにする殉教者たちのこれほど多くの数を数えることができたのだ。決して失望させるような数字ではない、ここ数年と同じように。

祖国のこの精神的偉大さのなかでぼくは君たちに懇願する。信じてほしい、と。祖国のためにぼくが殉死するあらゆる情愛の集約された反射をどうぞ見てくれ。

グイード・パゾリーニ

（エルメス）

このグイードの詩は巻頭を飾る扱いで、本編ではグイードの死を悼むパゾリーニのフリウリ語の詩が引用される。

第三章　ポエジーア　詩と詩情

1　フリウリ語

パゾリーニはフリウリ語で詩を書き始めた。そして文学雑誌を発行した。雑誌の名前は“STROLIGUT《ストロリグト》”（暦）、季刊である。一九四四年四月に最初の号が出た。

その巻頭言にパゾリーニは書く。フリウリ語で——。現代イタリア語の対訳などあるはずもない。イタリア人で文学的教養の豊かな人でも半分もわからない。フリウリ人でなければ読めない言葉だ。パゾリーニだけではない。この雑誌に参加した仲間たちもみなフリウリ語で文章を書いた。

何故パゾリーニはフリウリ語にこだわったのだろう。

ボローニャに生まれ、軍人の父の転任にともない、パルマ、ベッルーノ、クレモナ等に移り住み、中等教育をボローニャのリチェーオ（高校）でおさめ、その後ボローニャ大学で学んだパゾリーニはフリウリ人というわけでもないのだが、本人はフリウリ人を自認していたのだろうか。

「老来自ら熊野人と号す」

自分は熊野人だ、と明治半ばに和歌山県新宮市に生まれた文豪佐藤春夫は、昭和の半ばに東京の自宅でそう思う。紀州人でもなければましてや和歌山県人でもなく、熊野人。そこに新宮の人間の郷土の自然と文化に対する誇りが見える。熊野は単に紀州の一部の地域と言うわけにはいかない。熊野三山の山や川や海や信仰が濃く宿るのが熊野だからだ。

十八歳で東京に出た春夫は、帰省することはあっても生涯故郷に定住しなかった。現在、新宮市にある佐藤春夫記念館は、東京にあった春夫の自宅を移築したものだ。今、その二階のバルコニーからは速玉大社の境内や駐車場が見える。記念館も速玉大社の境内にある。

死ぬ前のパゾリーニが母と暮らしたローマの住居。そこで彼は執筆もした。その住居をもとにしたパゾリーニ記念館はないが、パゾリーニ研究のためのフォンド・ピエル・パオロ・パゾリーニの施設（一九八〇年創設）が女優のラウラ・ベッティさんによってローマに設けられていたことがある。ヴェネツィア映画祭や他の用でイタリアや他のヨーロッパの都市に行った折、幾度となくローマに寄り、ベッティさんと話したことが懐かしい。

パゾリーニ展を日本でやりたい。と、一九九〇年代始めに私が言っても最初は全然相手にされなかった。一介のフリーの映画評論家ではなくもっと有力な日本の文化人と知り合いだったベッティさんは、そちらのパイプでパゾリーニ展を大々的に開きたいと思っていたらしい。

それでもベッティさんやその助手のオジサン青年はとても親切だった。パゾリーニにインタヴューしたテレビ番組のビデオなどリストから選んで見たいと言えば、フォンドの資料室で見せてくれたので、一時間でも二時間でもいることができた。世界でのパゾリーニ展の記録もあった。

ローマ、ミラノだけでなくパリやニューヨークをはじめとして世界の主要都市でパゾリーニの文学や映画のモストラ（展覧会）を毎年のように開催していたベッティさんは、パゾリーニの魂を引き継ぐかのようにパゾリーニ展の充実とパゾリーニ関連の資料公開のためにフォンドを切り盛りしていたのだった。私が最初に東京でのパゾリーニ展開催の夢を話してから三、四年ほど経った頃だろうか、何度目かのフォンド訪問で、ベッティさんの方から東京で開催したいと、切り出してきた。そこからはトントン拍子に事が進み、問題も生じたりしたが、一九九九年春、東京を中心に日本でパゾリーニ展が実現したのである。

ベッティさんが二〇〇四年に亡くなってから、そのフォンドはボローニャに移された。またフリウリ地方のカサルサ、パゾリーニの母の実家があったところにはパゾリーニ資料館が作られた。活動拠点としてのローマに対して、故郷としてのボローニャとフリウリの両方がパゾリーニの業績を讃えていることになる。

ここでフリウリ地方について地誌的、文化的な紹介をしてみよう。

フリウリは現在、正式にはフリウリ＝ヴェネツィア・ジュリア自治州と呼ばれ、イタリア共和国の北東部に位置する地域だ。州都はトリエステ、アドリア海に面した由緒ある港湾都市で、東は旧ユーゴスラヴィア、現在のスロベニアとの国境だ。

フリウリの他の主な都市はゴリツィア、ポルデノーネ、ウーディネなど。運河で有名なヴェネツィアは、この州には属さず、西どなりのヴェネト州である。自治州の名前のフリウリとジュリアは共に古代ローマの「ブルータス、お前もか」のセリフを残して暗殺されたジュリアス・シーザー（ユリウス・カエサル）に由来する。州名にヴェネツィアの名が含まれるのは、ローマ帝国時代の行政区分で名づけられたものが残ったからだ。

地方としては熊野が明治の行政区分で和歌山県と三重県に分割されてもやはり熊野であるように、フリウリはフリウリである。

古代ローマ時代のフリウリは帝国の属州だった。カエサルの後、アウグストゥスの時代に本土に組み込まれた。紀元前二七年のことだ。

やがてローマにキリスト教が広まり、苛酷な迫害を経て、全階級的な支持を獲得し、コンスタンティヌス一世による三一三年の公認とテオドシウス一世の三九二年の国教化で、フリウリ地方にもキリスト教の教会が建てられる。そしてイタリアの他の都市と同じようなキリスト教中心の文化を形成していくのだが、フリウリ語は残る。

現在もフリウリ地方でこのフリウリ語をイタリア語と併用する人は少なくない。しかし、パゾリーニが自分たちの文芸誌を発行した頃に較べると、明らかに減少傾向にある。

かつて冬のウーディネで夕飯をトラットーリアでとった時、ほとんどが地元の客だったらしく店の中ではイタリア語ではない言葉が話されていた。あれがフリウリ語だったのだろう。耳を澄ましても意味不明だったが、店員はイタリア語で私と話してくれた。

パゾリーニは地元の人々のことだけを考えてフリウリ語の雑誌を発行したのだろうか。巻頭のパゾリーニの言葉を多少なりとも読解してみようか。

幸い復刻版にはパゾリーニの従弟で、雑誌にも参加していたニコ・ナルディーニの解説がある。また、別の号にはフリウリ語の詩のいくつかにイタリア語の訳がついているので、そこから単語同士を対照させて、簡単な単語帳を作りつつ、巻頭部分に応用していくやりかたでがんばってみよう。気分はまるでターヘル・アナトミア。江戸時代、「解体新書」に取り組んだ蘭学者たちが「ターヘル・アナトミア」と呪文のように唱えながらオランダ語の意味を探った時のようだ。

フリウリ語のタイトルの次にイギリスのロマン派詩人パーシー・ビッシュ・シェリーの「詩の擁護」から次の引用をイタリア語でのせている。

社会の幼年時代に於いて、各々の作家は必然的に詩人である。なぜなら言語はまさに詩だからである。

では、お待ちかね、パゾリーニの書いたフリウリ語の紹介。

DIALET, LENGA E STIL

Di sigùr, paisàns, i no veis mai
pensat ai repuars c'a passin fra li
ideis di《dialet》,《lenga》e《stil》.
Quant ch'i parlais, i ciacarais, i

sigais tra di vualtris, i doprais
chel dialet ch'i veis imparat da
vustra mari, da vustri pari e
dai vustris vecius.

タイトルをイタリア語にすると、"DIALETTO, LINGUA E STILE"、つまり「方言、言語、文体」である。これはフリウリ語のスペルがイタリア語とのあいだであまり変わらないからすぐ見当がつく。ところが本文が始まると、「?・?・?」となる。そこでにわか作りの単語帳で照らし合わせてみる。"Di sigùr"というのが、ちょっとむずかしい。"di"は、今のイタリア語では所有や所属を表す「〜の」、あるいは由来や手段を表す時の前置詞だが、フリウリ語のこの"di"は様子が違うような、同じような……。しかし、イタリア語と同じ用例が多い。あせらずに文頭に"di"がくる場合を考えてみる。次の"sigùr"。これは何？ そして"paisàns"、おわりの"s"はイタリア語と違い、英語風の複数形らしい。などと類推しながら、"mari"は"madre"で、"pari"は"padre"だからと、整理していく。ターヘル・アナトミアの気分に浸りながらも念のためにパソコンで検索すると、イタリア語とフリウリ語の辞書のサイトが見つかった。ただ動詞が変化していると対応するイタリア語の結果が簡単には出ないが、かなり便利である。すぐ"sigùr"を検索する。と、"sicuro"と出る。"di"と一緒のときは「確かに」という意味になる。勢いで訳してみると、こうなる。

確かに、郷土人たちは考えたことがなかったのである。『方言』と『言語』と『文体』のそれぞれの概念の範疇や、それらを濾過してみることを。彼らが話したり、うわさしたり、嘆いたりする時、彼らは父や母や年寄りたちから習った方言を使っているのに――。

イタリア語―フリウリ語の辞書も通販で購入できる。フリウリ語はラテン語とはちがい、生きた言語である。ところが存続の危機がすでにユネスコの「危機に瀕する言語のレッドブック」で指摘されており、その保護と公用に関する州法が二〇〇七年に施行され、公共の表示にイタリア語と共にフリウリ語での地名表記が行われるようになった。両言語間の辞書がペーパーバックで出たのもその影響かもしれない。辞書よりもスマホの検索の方が一般的ではあろうが……。

もっともパソコンやスマホを利用してのこうした作業はここ十年か十五年ほどのもので、二十世紀の前半は想像もできなかっただろう。言語学の専門家でもないかぎり、フリウリ語―イタリア語の辞書は、あったとしても使うことはないに違いない。

パゾリーニはどうしたのだろう。

自分と仲間でフリウリ語を探っていったのだろうか。耳から入る言葉を表記するのは何を元にしたのだろうか。フリウリ語で書かれた昔の書物などがあったのだろうか。

当然あった。カサルサより東のゴリツィアの市役所で一九一九年十一月二十三日、フリウリ文献学協会設立の会議が開かれている。その会議を経て協会本部はウーディネに置かれることになり、現在に至っている。

パゾリーニが雑誌を最初に出した一九四四年四月はムッソリーニが北イタリアにサロ共和国を樹立し、国内がナチの占領に加担したファシストと連合国軍寄りのパルチザンに分かれて戦っていた時期だった。

その時代にパゾリーニが郷土の言葉に文芸の魂をゆだねたのはなぜだろう。たぶん、これは地道な研究と論考を重ねていくべき壮大なテーマとなるに違いない。イタリアはもちろん、フランス、アメリカ等世界のパゾリーニ研究者の著作や論文、またさまざまなシンポジウムや講演会を過去ばかりか、現在進行形で探っていかねばならない作業だ。

だから、今は直感でいくつかの答えをあげてみる。

あふれんばかりの郷土愛。

ベニート・ムッソリーニが逮捕、幽閉されて、新政府はすぐに連合国と休戦協定を結ぶが、その情報を素早くキャッチしていたヒトラーは北イタリアに侵攻、イタリアを占領し始める。同時にムッソリーニ救出作戦を開始、それが成功するとムッソリーニにサロ共和国を作らせる。あきらかな傀儡政権だ。

そうしたナチス・ドイツに抵抗して、古くから続く郷土の文化、そのシンボルである言葉を芸術として称賛する。それがパゾリーニと仲間たちの郷土愛の本質だったのではないか。

客観的な見方をすると、郷土主義がファシズム体制のなかでは極右的ナショナリズムと違和感なく共存できたという事情もあったようだ。

2　郷土とファシズム

一九八〇年代のベルリン国際映画祭でパゾリーニと青春時代の文芸友だちが談話するTVドキュメンタリーが上映されたことがある。亡くなってから十年くらい経った頃だ。そのなかで態度の大きい友人の一人（彼もまた、ひとかどの文学者になっていたようだ）が、自分たちの文芸活動は、ファシズムの時代の中で、ファシズムを吹聴している連中なんかよりもっとずっと純粋に高められたファシズムの精神を目指していた、と得意げに語っていた。座談会のパゾリーニはそのことについて、直接には反論も同調もしていなかった。

パゾリーニの青春時代の友人の発言から、彼らの文芸活動は日本浪曼派に似ているのかもしれない、と思った。

昭和十年代の一九三四年に「日本浪曼派」宣言を保田與重郎らは雑誌「コギト」に発表する。宣言からの引用――。

平俗低回の文学が流行してゐる。日常微温の饒舌は不易の信条を混迷せんとした。僕ら茲に日本浪曼派を創めるもの、一つに流行への挑戦である。

パゾリーニの雑誌の出る十年前だ。そして翌年に雑誌「日本浪曼派」は創刊される。主な執筆者に亀井勝一郎、檀一雄らの同人の他、佐藤春夫、萩原朔太郎、三好達治、伊東静雄らがおり、この雑誌に触発されて蓮田善明は文芸誌「文藝文化」を創刊した。

三島由紀夫が「花ざかりの森」でデビューするのはこの「文藝文化」である。後年、三島は日本浪曼派とのつながりや影響についてインタヴューなどで聞かれると、自分はむしろ「文藝文化」の影響を受けていると、よく訂正していた。

三島も少年の頃から詩や文章を書き始める。

パゾリーニも幼い頃から言葉を書いた。その時の言葉はイタリア語なのか、フリウリ語なのか？三島が何語で書いたか、という疑問は誰も持たない。日本語に決まっている。仮名遣いは当時、旧仮名遣いだったから、それを踏襲したにちがいない。口語体か文語体か。全集で確認すればいい。

『灰色の家に近寄つては不可《いけ》ません！』

母親は、其の息子、秋彦にいひきかせた。

全集（一九七五年刊）の第一巻の最初に載っているのは、三島が学習院中等部の「輔仁会雑誌」に発表した短編小説「酸模」の書き出しである。冒頭に北原白秋の「仄かなもの」より「うつゝを夢ともおもはねど……」の文語文が引かれている。三島の詩は全集にとられていない。三島が詩人にならなかったことは一九五四年に発表した「詩を書く少年」に自虐的にノスタルジックに語られるが、中学時代に彼はせっせと詩を発表していたのである。しかし、それは文学にならなかった。

だから短編から三島の文学は始まる。白秋の詩を引いたのもその予兆だったのかもしれない。白秋の言葉は現代文ではないが、今の中高生でも読めて、理解できる。日本の古文は日本の文化の中で生きているものにとっては千年、二千年経っても決してチンプンカンプンではないのである。もちろん、古語辞典を引いた方が正確にわかりはするが、なくてもおおよその見当はつく。

フリウリ語はそういかない。

3　詩を書く少年

フリウリ語の雑誌“STROLIGUT”（暦）を出す二年前の一九四二年の夏にパゾリーニはフリウリ語の詩集を発表した。

Dedica
Fontana di aga dal me país.
A no è aga pí fres-cia che tal me país.
Fontana di rustic amòur.

献辞
我が故郷の水の泉よ
我が故郷の水ほど新鮮な水はない
田舎の愛の泉よ

「カサルサ詩集」(Poesie a Casarsa) である。一九四一年から書きためた詩を集めた小さなものだ。地元の若者の誰かしらがこれを読んだ。そして失望とともに驚かずにはいられなかった。都会のボローニャからやってきた優秀な学生がよりにもよって農民たちが使う田舎丸出しの方言を詩に使っているのだから。と、ニコ・ナルディーニは解説する。

たとえて言うと、東京に出て文学修業していた中上健次が地元に戻って新宮弁で詩集を発表したようなものか。だが、中上はもともと新宮の人間だから、違う。それに中上は詩ではなく小説を書いていた。

「まだ眠とるのか?」秋幸は訊いた。
「昨夜遅うまで起きとったさか」フサは言った。

（中上健次「枯木灘」）

熊野を舞台にした中上の小説の中には地元の言葉がふんだんに使われている。だが、それは人物たちの会話のなかで使われるのであって、叙述の文体が新宮弁というわけではない。中上ではなく、別の東京の坊ちゃんか、京都か神戸の坊ちゃんで、母方の実家が新宮にあって、そして、その坊ちゃんが母親の実家の町に戻って、新宮弁で文学を発表した——と想定したら? 地元の若者は「なんや。俺らの田舎臭い言葉を使いよって」と驚く。そうするとパゾリーニの詩を読んだフリウリの若者の気持ちがわかりやすくなるだろうか。

いや、新宮弁は田舎言葉ではない。だからこんなたとえを出すと、新宮の人が怒り出す。新宮は都会やで、と。たしかにその通りだ。明治の時代に洋書をせっせと注文したドクトルの大石誠之助や、その甥で西洋の書物・文物を個人で取り寄せて建築や美術を独学してハイカラな生活を送った西村伊作の出た町である。熊野の自然を愛した佐藤春夫も自転車を乗り回す裕福な医者の家のハイカラ坊ちゃんだった。新宮の人は新宮弁が文学に使われれば、失望するどころか、当然! といった反応を示すだろう。たとえはかえって難しい。

チルコロのある建物、右筆者。1980年代

とまれ「カサルサ詩集」は、出た。そして地元の若者には受けなかった。

ところが文芸批評家でダンテ研究の第一人者ジャンフランコ・コンティーニの目にとまり、批評文が書かれる。またごく限られた友人同士のサークルでフリウリ語を詩的に使う試みが熱しつつあった。

サークル活動というと、日本では学生たちのクラブ活動の意味が大きく、その延長で職場のサークルがあったり、また最近は地域の活動もサークル的な傾向が見られるようになったが、イタリアではもっと早くから始まっていた。チルコロと呼ばれる。

一九八〇年代の始めに私が二度目のイタリア旅行をした時にフィレンツェに住む同世代の日本人の森嶋伸之氏がツアーの現地コーディネイターとして参加者たちのあれこれの要望に対応してくれていた。その時、町の映画同好会のようなものがあれば活動内容を知りたいと訊いたら、「チルコロと言えば、わかるでしょう」と言うので、フィレンツェだったか、観光案内所風のところで、「チルコロ……チルコロ・デル・チネマ（映画サークル）」と言ってみたら、相手は「わかった」と、雑誌を三冊ほど持ってきてくれた。装丁も立派でページ数も多い本格的な雑誌だった。こちらが予想していた同好会通信などよりはるかに専門的なものだ。見せてもらうだけでよかったのだが、持っていってよいと、気前よく言うので、さらに感激した。

そうした地域のチルコロ文化の初期がパゾリーニの詩集や文芸雑誌の発行時期と同じであったのではないかと思う。というのも当時がファシズム時代だったからだ。

一九四三年九月にイタリアは連合国と休戦協定を結ぶが、それ以前のファシズム真っ盛りの頃にムッソリーニは、ハリウッドに対抗してローマ郊外に大規模なチネチッタ撮影所を建設し、ヴェネツィアで世界最初の国際映画祭を開催するなど、新しい文化の創造を大々的に行った。そうした国策に対する地方からの意識的な反発として、方言による文化意志がパゾリーニや地元の文学青年たちから湧き上ったという見方ができると思う。

そう考えるきっかけになったのは、東京のイタリア文化会館での、ダンテの「神曲」講読の担当プロフェッソーレの指摘である。

十二、三世紀のダンテ・アリギエーレも教えれば、イタリアの時事問題も、十九世紀のアレッサンドロ・マンゾーニの小説もアントニオ・グラムシの思想も、また映画まで教えるシチリア出身のプロフェッソーレは、パゾリーニの部屋と名づけられた講義室を専ら使用しているほどのパゾリーニのファンである。二、三年前から続いている「神曲」の途中から参加した私が受講の動機を尋ねられ、パゾリーニ初期の詩を最初に評価したジャンフランコ・コンティーニがダンテ研究家だというので……と答えたら、「そう、確かにコンティーニはダンテ学者だが、ファシズムに与した。アカデミアというのがそうだった」と、プロフェッソーレは、ファシズム時代のアカデミアについてパパッと説明した。

青年時代のパゾリーニが「アカデミウタ」というグループを作り、雑誌も発行したという私の話を受けての説明だったようだが、パゾリーニのこの雑誌についてではなくプロフェッソーレはファシズム時代のアカデミアの国家的役割を批判した。

簡単に言うと、それは第二次大戦中の日本文学報国会（一九四二年に設立され、戦後、元の文藝家協会に戻る）に似ている。内閣情報局がまず日華事変勃発後の一九三八年に作家らと懇談会を開き、漢口攻略戦への従軍を要請したところ、作家らが応じ、その従軍記事が新聞雑誌を通じて大々的に報道され、その活動がさまざまな文学者たちの団体づくりに発展、やがて大政翼賛会の作られた一九四〇年に日本文芸中央会が発足、各種団体がそこに吸収され、日本文学報国会となっていく。その目的は「国家の要請するところに従って、国策の周知徹底、宣伝普及に挺身」するところにあった。

イタリアのアカデミアは文学、芸術、科学、数学、歴史等の分野から構成されていた。日本文学報国会や大政翼賛会より早い一九二九年に創設され一九四四年に壊滅する。ムッソリーニの肝いりで発足した点で、チネチッタ撮影所やヴェネツィア映画祭と似ている。このアカデミアの総裁に文豪ガブリエーレ・ダヌンツィオが一九三七年に短期間だけついたことがある。

イタリア・アカデミアの正式名称は「イタリア王立アカデミア」。そう、当時のイタリアは王がいて、立憲君主国だった。イタリア王国の成立は日本の明治時代の少し前の一八六一年、リソルジメント（イタリア統一運動）の結果としてサルデーニャ王ヴィットリオ・エマヌエーレ二世がイタリア王となる。この王が一八七八年に死去すると、長男のウンベルト一世が即位。彼は一九〇〇年にアナーキストによりパレード中に暗殺される。明治天皇暗殺計画が仕組まれたとの名目で多くの社会主義者が検挙され、幸徳秋水、管野須賀子、大石誠之助をはじめとして計十二名が日本国の陰謀により死刑となった大逆事件の十年前であった。

次に即位したヴィットリオ・エマヌエーレ三世は二度の大戦を経験し、戦後は王政が廃止されたためにエジプトに逃亡した。イタリア王立アカデミアはこのエマヌエーレ三世の時に作られた。もっともアカデミアの最初のものはイタリア王やムッソリーニが生まれるよりずっと前の一六〇三年にさかのぼる。ガリレオ・ガリレイの頃だ。ガリレオも会員だった。自然科学のアカデミアでは世界最古と言える。

4　フリウリ語から出発

すべてのものは吾にむかひて
死ねといふ
わが水無月のなどかくはうつくしき。

――と詩「水中花」に書いた伊東静雄は、国文学者蓮田善明の親友だった。

マレー半島のジョホールバルで終戦を迎えた善明は終戦にあたり訓示を垂れた連隊長中条大佐が敗戦の責任を天皇に帰し、皇軍の前途を誹謗し、日本精神の壊滅を説いたと憤り、大佐を射殺、その直後にピストルで自死した。その上官とはふだんから折り合いが悪かったという。一九四五年八月十九日のことだ。善明の死の知らせは熊本の遺族のもとにすぐには届かず、翌年の夏にやっと彼の死が知らされる。友の死の状況を知ると、伊東静雄は「ひとりで死にやいいのに」と言うのだった。変わり身の早さだろうか。善明の最期はあまりに国粋的、狂信的だと伊東には見えたのかもしれない。

終戦当時、日本の無条件降伏にショックを受けた多くの軍人が自死を遂げている。国内だけでなく国外にいた部隊でも同様だった。それを防いだり、後始末をしたりで連隊の鳥越副官が奔走している時、善明はお話がありますと、申し出るが、彼の話を聞く暇がなかったことを鳥越は後悔する。善明の悩みを聞いていれば、連隊長射殺事件は避けられたかもしれない。

妻と三人の男の子の父であった蓮田善明。善明は「古事記」を深く愛すると同時に文献学上からも精緻な研究に向かう国文学者であった。「源氏物語」を畏敬し、和泉式部の和歌を讃美し、菅原孝標女の「更級日記」をこよなく愛し、本居宣長を敬慕し、「方丈記」を書いた歌人、鴨長明の「すき」に共鳴してやまない国文学者。一九四三年(昭和十八年)四月八日、九段の軍人会館で催された日本文学報国大会での蓮田善明の存在はひときわ鮮烈であったという。善明が石川達三を吠えるがごとく罵ったことが喧伝されているが、その時の善明はスサノオノミコトの慟哭を思わぬか、と石川に迫る勢いだったとか。

エセ大和魂や時流にのった国策への賛同、上っ面の愛国ぶりが善明は我慢ならなかったのである。石川にしてみればエセだろうがフリだろうが、社会派小説で官憲に睨まれている以上、あからさまに時流に乗ることは生き延びるための方便だったに違いない。一方の善明はその方便を理解するより前に憤る人間だった。方便などという言葉は精神の穢れだと蓮田善明は思う。

同じファシズムの時代をイタリアで生きた、善明や伊東静雄より十六、七歳ほど年下のパゾリーニの少年期から青年期の思想はどのようなものだったろうか。

第二次大戦が始まった時は日本もイタリアもファシズム体制だったが、戦争末期はかなり違う。途中で連合国と休戦協定を結んだイタリアは、戦勝国となるが、そのためにパルチザンの果たした役割と犠牲はとてつもなく大きい。

一方、日本にははっきりとしたパルチザンの活動は生まれなかった。イタリアでは全国的にさまざまなレベルで対ドイツの抵抗運動が行われており、パゾリーニのいた北部は特にパルチザンの活動が活発だった。その頃、パゾリーニはフリウリの母の実家に身を寄せていた。

フリウリを故郷と思うとは、どういうことなのだろう。自分は母だけの子供ではないと、思ったことはなかったのだろうか？　それとも父方の祖先への思いはどこかに隠されているのだろうか？

死んだ子供

月の輝く夕べに
溝の中の水が増し、妊娠した女が
畑を横切る。

ぼくは君をおぼえているよ、
ナルキッソス、夕べの色を
していたね
弔いの鐘が鳴った時。

（「カサルサ詩集」）

フリウリで発行した「カサルサ詩集」は、後に一九四四年から四九年までの詩を集めた“Suite furlana”（フリウリ農民舞踊組曲）と一九五〇年から五三年までの詩の「増補」と共に“La meglio gioventú”（最高の青春）としてイタリア語訳つきで出版される。この「カサルサ詩集」は、私も苦労せず読める。イタリア人ならフリウリ語との対照を楽しみながら味わうことができるだろう。

一九四一年から四三年までの詩はフリウリ語の雑誌“STROLIGUT”（暦）以前に書かれたものだ。

死と若者、母、そして田園が歌われているのが特徴だ。短いのもあれば、対話形式の詩もある。

故郷に帰る

I

乙女よ、火のそばで青白くなって。
どうしたの？
まるで日没のときにしぼみゆく草花のよう
「ぼくは枯れ枝に火をつける
すると煙になってかすれて飛んでゆく
まるでぼくの世界では生き物はかすんでいるかのように」
でも、その火でぼくは息ができず、
故郷で死ぬ風に、
なってしまいたい。

II

ぼくの旅は終わった

ポレンタの甘いにおいと牛たちの
悲しい嘆き
ぼくの旅は終わった
「君はここにくる、ぼくたちのあいだに
ぼくたちは生きている
生きている、ひっそりと、
そして死んでいる
生垣のあいだを誰にも知られず
流れる水のように」

III

ぼくの故郷で陽気に
ま昼の鐘が鳴る
でも、草原の上で鐘はなんて静かなんだ！
鐘よ、いつもお前は同じだね
びっくりして、ぼくは
お前の声に帰っていく

「時は動かない
見てごらん
父たちの笑いを
まるで枝枝のあいだに降る雨のようだ
子供たちの瞳に映って」

（「カサルサ詩集」）

「死」は子供の姿にも自然のなかにも見えている。それは戦争の時代に生きる若者なら多かれ少なかれ甘受しているものだったかもしれない。また、ファシズムの閉塞状況が、死によってそこから解放されるという倒錯的願望を呼び寄せたとも考えられる。

普遍的な見方をすれば、戦争であろうとファシズム体制であろうとなかろうと、青春は、死の甘美な誘惑と共にある。

死なむとす春潮臍に来るまでは

（句集「藁嬶」）

現代俳人、谷口智行の青春時代の自分を見つめた句である。新宮育ちの谷口は中上健次を兄のよう

に慕い、健次亡きあと詠んだ句に

健次の秋　三面鏡の　熊野澄む
この塀に　健次も倚りき　花通草
新宮を　ぐるぐる回り　健次の忌
健次忌の　新宮高校　後輩われ

——などがある。

春の日の死への誘いは、一九五八年生まれの谷口にとって戦争ともファシズムとも関係なく、純粋に青春の惑いであったろう。パゾリーニの「カサルサ詩集」もまた、谷口の惑いに近いものだったと私は思う。

ただ、パゾリーニの場合、死への誘いも意識的につくられた故郷への思いも、すべてがフリウリ語で書かれた点が注目される。

三島由紀夫は「文化防衛論」で縦の系譜としての日本文学、日本文化の力を主張した。古代から今日に至るまでの日本文化の豊饒さ。

しかし、パゾリーニが主張するのは日本ではなく、フリウリである。

パゾリーニはフリウリ語に魅せられる。耳から、音声として魅せられる。それが「カサルサ詩集」

となっていく。

またあの響きが聞こえた。"ROSADA"と。リヴィオだ。通りの向こうに住む農民のソコラリ家の少年だ。彼は背が高く頑丈な体軀の持ち主だったが、良家の子息に時折見かけるタイプの繊細で大人しい少年だった。だからレーニンは、農民はプチブルだ、というのだろうが……。ともかくリヴィオは単純で素朴なことを話した。晴れた朝、彼から発せられる"ROSADA"は、彼の口が活発に働いたからではない。それはこのタリアメントのあたりで何世紀にもわたって使われてきたフリウリ地方の言葉なのだ。ただその言葉は書かれたことはなかった。それはいつだって響きだけだった。その日の朝、ぼくは絵を描くか文章を書いたりしていたのだけれど、それをすぐ中断して……。タリアメントの右岸で話されているフリウリ言葉で詩を書き始めた。その時までフリウリ言葉は単なる響きでしかなかったのだが、こうして"ROSADA"という言葉をぼくは初めて文字にした。

耳で聞く地元の響きから紙に書く言葉へ、詩へとパゾリーニは移し替える。それが彼のフリウリ語だ。"ROSADA"とは、イタリア語の"RUGIADA"で、「露」の意味である。「カサルサ詩集」でこの言葉は初めて文字に書かれる。こんな風に――

Dili

Ti jos, Dili, ta li cassis
a plòuf. I cians si scunìssin
pal plan verdùt.

Ti jos, nini, tai nustris cuàrps,
la fres-cia rosada
dal timp pierdùt.

少年の名前を「ディリ」に変えて、彼に呼びかける形で詩が始まっている。シンプルな朝の野原の情景だ。

「ディリ、見てごらん。アカシアの上に雨が降っているよ。犬たちが緑の平野で息をハアハアさせている。少年よ、見てごらん。ぼくたちの体の上に失われた時の新鮮な露が降りているよ」

注目の「露」以外もすべてフリウリ言葉である。晴れた朝が雨の日に変わっているが、シンプルな農村風景だ。そこに「失われた時」がヒョイと挿入される。

パゾリーニが「カサルサ詩集」誕生の謂れを書かなかったら、「露」よりも「失われた時」という抽象的な言葉に目が行くかもしれない。しかし、この詩では何よりも「露」＝"ROSADA"の響きとスペルこそが美しいのである。フリウリ語の「犬」や「平野」や「時」などの言葉は他の詩でもよくつかわれるが、「露」はこの詩以外には出てこない。パゾリーニがいかにこの言葉を大切にし、特別視していたかの証であろう。

このパゾリーニの新しい試みを真に新しいと見抜いたのが、批評家で後のダンテ研究家のジャンフランコ・コンティーニなのである。コンティーニは優れた文献学者でもあった。コンティーニが読んだ時に「カサルサ詩集」にはイタリア語の訳もついていたが、コンティーニはその訳がお粗末だと苦笑しながら、元の詩にこそ注目する。さすが中世文学で鍛えた新進の文献学者だけある。

ジャンフランコ・コンティーニ（一九一二－一九九〇）は、北イタリアのピエモンテ州ドモドッソラ生まれで、パゾリーニより十歳年長である。パヴィア大学の文学部を卒業後、トリノで文献学の大家の下で学び、またパリ留学では武勲詩の研究や「トリスタン・イズー物語」の校訂などで新しいメソッドを打ち立てたジョゼフ・ベティエ等の教えを受ける。その後、一九三八年からスイスのフリブール大学でロマンス語学を教えるようになるが、そこには戦争を逃れたイタリア人学生のグループも混じっていた。一九四四年になるとコンティーニは故郷のドモドッソラでパルチザン活動を始める。「カサルサ詩集」は、彼がまだスイスにいた頃、読んだのだろう。

コンティーニの批評――

最初の印象では、五〇ページにも達しない小さな詩集の半分ほどを下段の上出来とは言えないイタリア語訳が占めた「カサルサ詩集」（ボローニャ、マリオ・ランディ古書肆刊）の作者、ピエル・パオロ・パゾリーニは、方言作家のように見える。しかしながらこの詩の中の極端な高ぶりや、限界ぎりぎりの繊細さへの寛大な心があれば、今日の詩の微風に対する方言文学の最初の接近であることに気づき、その結果、この貢献の深さに於ける修正にも気づくことだろう。

（「コッリエレ・デル・ティチーノ」一九四三年四月二十四日）

コンティーニは、「修正」という言葉で新人、パゾリーニの本当の新しさが、先行イタリア文学に於ける方言使用の作家たち――オーストリア＝ハンガリー二重帝国時代のハプスブルク帝国支配下のトリエステに生まれたヴィルジリオ・ジョッティや、画家でもあったジェノヴァのエドアルド・フィルポ、またヴェネツィア県ノヴェンタ・ディ・ピアーヴェ生まれのジャコモ・ノヴェンタら――のものと違うことを説明する。

彼らの世界は多かれ少なかれ印象派風のノスタルジーにつながり、彼らの詩形は伝統的なのである。彼らの作品の方言は言語に関して言うと、従属的なのである。

ところがパゾリーニの方言詩はまるで違うと、コンティーニは強調する。

彼の詩の世界は、方言文学の年代記に入り込んだスキャンダルとして、このカテゴリーも存在理由があるという仮定において、実にはっきりしている。それを純正ナルシシズムと呼ぼう、この暴力的なまでに主格的なポジションを早急に理解するために——。

コンティーニはパゾリーニの詩に田園を背景として登場するキーワード「死んだ子供」「死んだママ」等をあげ、こうした情感が文学的伝統とは別の固有の表現であると指摘する。

言語の尊厳が立ち上る。ある種の平等が生まれるのだ。

5 フリウリ語と自治宣言

コンティーニの評は若きパゾリーニを舞い上がらせる。そう、実際彼は飛び上がった。そして踊るようにボローニャの街の柱廊を歩いていった。自費出版した小さな詩集が認められたのだ。「その時私は二十歳だったが、そこにのせた詩は三年前から書きためていたものだ」

コンティーニは、最初「カサルサ詩集」を隔週の文化雑誌“Primato”（第一位）に推薦するが、掲載不可となる。ファシズム体制のせいだ。この雑誌は一九四〇年から一九四三年まで続くが、一九二三年に創刊された隔週刊の雑誌"Critica fascista"（ファシズム評論）の指導の下にあった。両雑誌の主幹がファシスト政治家で教育大臣を務める（一九三六－一九四三）ジュゼッペ・ボッタイである。ボッタイはローマ知事や占領したエチオピア（イタリア領東アフリカ帝国）の首都アジスアベバの総督も務め、未来派の運動を讃美するファシズムの文化政策の推進者だった。彼は特に若者をファシズムに引き付けることに熱心だった。

コンティーニが「カサルサ詩集」を「プリマート」に推薦したのは、彼自身も「文学と文学批評」部門の委員だったからだ。方言の詩は編集会議かその前の段階でファシズムの文化政策に合わなかったわけだが、それにもかかわらず、スイスのイタリア語新聞に載せてしまうところがいい。そして時のファシズム文化政策がどうあれ、パゾリーニがいかに新しく素晴らしい才能であるかをコンティーニは力説する。当時のイタリア文学に於いて詩学や美学の権威であったベネデット・クローチェが一体どんな顔をするかなんぞおかまいなしだ。自分の考えを曲げない、こうした大胆さは極めてイタリア的だ。方言はダメ、それでも地球は回っている。とガリレオのようにこっそり自分の意見をもらすのではなく、かしこく手段を選んでおおっぴらに若い才能を称賛する。イタリア文化会館のプロフェッソーレがコンティーニはファシズムに関係した、と今でも厳しく言っているが、それを聞いても本人はきっと少しも悪びれないだろう。「プリマート」の委員には、詩の部門にイタリアの現代詩を切り拓いたジュゼッペ・ウンガレッティや後にノーベル文学賞を受賞する（一九七五年）エウジェニオ・モンターレも、またアルフォンソ・ガットなどがおり、小説部門にはチェーザレ・パヴェーゼやエミリオ・ガッダがいる。文化人や芸術家が時のファシズム体制と結びつくのはいつの世もありうることだ。戦後のイタリア・ネオレアリスモ映画を世界に知らしめた『無防備都市』(一九四五年)のロベルト・ロッセリーニ監督もファシズム時代は『白い船』(一九四一年)でムッソリーニから絶賛され、ニコニコ顔でヴェネツィア国際映画祭の表彰台に立った。その後でムッソリーニが逮捕、幽閉を経て、ヒトラーの命を受けたオーストリア(既にドイツに併合、それも国民の多数の意志で喜んで併合されているのでこの国は当時存在しないが)の空軍将校に救出された後、北イタリアに傀儡政権を立ててからは、ロッセリーニはパルチザン側の人になる。

もし、ムッソリーニが逮捕されずに政権を維持していたら、いろいろと違っていたと推測されるが、イタリアがムッソリーニ逮捕、そして連合国との休戦協定締結へと急展開するやいなやドイツがイタリアに攻め入ってきたわけだから、それまでファシズム体制に従っていたイタリア人のなかには反ドイツ、反ファシズムへと転向する者も多かった。コンティーニもその点はロッセリーニと似ている。

ムッソリーニが逮捕されるまではまだ間がある頃、パゾリーニは詩人としてイタリア文壇に登場――と言うと、やや誇大表現になるだろう。

早熟の天才アルチュール・ランボーは十五歳で書いた詩が今も読まれ、散文詩「ある地獄の季節」は十九歳の時のものだ。ランボーの才能はポール・ヴェルレーヌを虜にし、多くの詩人に影響を与えた点で、際立っている。また、南米チリの詩人パブロ・ネルーダは十三歳で最初の作品を地元新聞に発表し、十九歳で出版した第一詩集「たそがれ」が好評を博し、二十歳で書いた大胆な「二十の愛の詩と一つの絶望の歌」が若者たちに熱狂的に迎えられるなど、早くから才能が認められた。

そうした例と較べると、パゾリーニの「カサルサ詩集」は発表当時、それほどの話題にはならなかった。日本と違い、イタリアの新聞は基本的にそれぞれが地元紙である。ミラノで発行される全国紙級の日刊紙“corriere della sera”やローマの“la Repubblica”は、今のように全国（あるいは世界の大都市）どこでも手に入るわけではなかった。大新聞でさえ地方色が強いイタリアで、スイスの地方紙にパゾリーニの「カサルサ詩集」の評が載っても、詩壇や文壇からは注目されるはずもなかったのである。「カサルサ詩集」がしかるべき注目をされるのは、もっと後になってからだ。

しかし、詩集に続いてパゾリーニは雑誌“STROLIGUT”（暦）を発行する。コンティーニの称賛が追い風となり、また詩集に惹かれた若者たちが参加したのだ。彼等も地元フリウリの言葉を文学に取り入れる試みをしており、共通の関心があったからだ。核となったのは、パゾリーニと同年代のチェーザレ・ボルトットと十歳ほど年長の小学教師で文献学と民俗学を独学していた詩人でもあるリッカルド・カステッラーニ、そしてパゾリーニの三人である。この同人誌に参加したなかにパゾリーニの母方の従弟のニコ・ナルディーニもいた。彼が一番年少だった。

ナルディーニは、パゾリーニがボルトットやカステッラーニと一緒に野原を歩きながらよく新しい詩学や新しい文献学のことを話していたと、記憶している。

パゾリーニたちは、大言語学者グラツィアディオ・イザイア・アスコリ（一八二九－一九〇七）の極めたさまざまな研究に引き寄せられる。アスコリはフリウリ語と口語ラディン語の自治奪回を初めて唱えた人物である。裕福なユダヤ系実業家の家に生まれたアスコリだったが、父が早く亡くなり、引き継いだ事業を手がけながら独学で言語学を修得した。彼は語源の研究や音声の研究、ペルシア語の影響の研究などをはじめとしてイタリアのジンガロ（ロマ）言語の起源まで極めようとした。そうした基礎は少年の頃に高名なラビについて古代ヘブライ語を勉学したことにあったのだろう。アスコリもまたフリウリ地方のゴリツィアの生まれである。このアスコリを記念して一九一九年に作られたのがウーディネのフリウリ文献学協会である。

フリウリ語を自分たちの文学の言葉にする。パゾリーニたちの意気込みはこの地方の文化伝統の上を闊歩しながら舞い上がったと言えよう。

青春時代のパゾリーニにとってこの頃が一番幸福だったかもしれない。父の不在ゆえの幸福だ。当時軍人のカルロ・アルベルト・パゾリーニはアフリカの戦場にいた。父の留守は母と子の平和を意味したのである。

三歳までは家の中で何も不協和音が奏でられなかったと記憶しているパゾリーニだが、三歳を過ぎてからは父の神経が荒れ狂い、家庭内暴力が目の前で繰り広げられるのだった。そのため自分は無性に死を思った、と当時を振り返る。詩は七歳の時から書き始めていた。死にたいと書いていたのだろうか。

「カサルサ詩集」には死ぬ子供、あるいは死んだ子供のモチーフがよく見られるが、パゾリーニの幼年期の暗い願望の追憶のようにも思われる。またそれが若くして死ぬ弟グイードの運命をも暗示する。

パゾリーニの弟グイードは、この雑誌の同人にはなっていない。グイードの詩が一度載るが、それはフリウリ語ではなくイタリア語で書かれている。パゾリーニをはじめとして同人たちはみなフリウリ語で詩を書いた。外国の詩の翻訳をフリウリ語で行ってもいる。ただしエッセイはイタリア語で書かれる場合もあり、パゾリーニが書くことが多いが、他の同人のエッセイもある。エッセイでパゾリーニは何度もフリウリ地方の自治、フリウリ語の自治について言及してやまない。大言語学者アスコリの影響を受けながらフリウリ文献学協会とは明らかに別の新しい道を歩み始めているという自負が、パゾリーニたちにはあった。

第四章——ローマ

1　若者言葉と新開地

カルロ・ボと
ジュゼッペ・ウンガレッティに捧ぐ
二人は「生命ある若者」の裁判中私の側の証人だった

一九五九年に大手出版社のガルザンティ社から刊行された小説「激しい生」の扉にパゾリーニが二人の作家に捧げた献辞は、彼の生涯を通じて頻繁に起きた訴訟問題をよく表している。叔父を頼りにパゾリーニが母と二人で一九五〇年一月末にローマに出てきたのも、未成年者を堕落させる罪で告発され、故郷のカサルサにいられなくなったからだ。

ただ生きる、そのことのために彼と母はローマの貧民街で苦しい日々を送る。最初に住んだのは、市内のテヴェレ川近くの建物の屋根裏部屋だ。それから街の外のいわゆるborgate《ボルガーテ》（新開地）と呼ばれるスラム地域のバラックに住む。この地域はファシスト政権時代にムッソリーニが凱旋道路を作るために取り壊した古い住宅地区から強制的に移動させられた貧しい人々の居住区となった。そこで出会った少年や青年たちは、フリウリの農家の子供たちとはまるで異なる生の姿でパゾリーニを魅了した。

そして小説「生命ある若者」が書かれ、一九五五年に出版される。フリウリ語ならぬローマっ子弁をさらにくだいた貧民街の若者言葉が頻繁にとびかい、地の文にも彼ら独特の言い回しが混じる。その意味が巻末の語彙集に正規のイタリア語で載るという型破りの小説である。

ローマ近郊のオルビエートの教会

　もっとも、二〇世紀のイタリア文学に於いてはミラノ生まれのカルロ・エミリオ・ガッダが型破りの先駆者として方言や隠語や新造語を駆使した不思議な小説「アダルジーザ」（一九四四年刊）を発表しており、夥しい註が特色である。その註はミラノ方言の説明だけでなく、百科事典的だったり、マニアックで思弁的な方面に向かったりする。パゾリーニの小説の言葉は註が目的ではなく、ローマっ子たちの皮膚感覚なのである。

　七月のひどく暑い日のことだった。

（「生命ある若者」米川良夫訳　冬樹社）

冒頭からローマ。夏のローマの暑さと喧騒が、少年リッチェットが初聖体と堅信礼の式に向かう時の背景として強調される。

ドンナ・オリンピア通り、ディヴィーナ・ブロッヴィデンツァ教会、モンテヴェルデ、トラステヴェレ駅、モンテヴェルデ・ヴェッキオ、グラナティエーリ、プラート、クァットロ・ヴェンティ大通り等々、リッチェットの動きと共にローマの街の建物や通りの名前が次々に躍り出る。式をさっさと切り上げた彼は、何か盗めるものがあれば、工場だろうが倉庫だろうがどこからでも何か持っていく。ドイツ兵が警備している小屋から自動小銃まで手に入れる。

翌日は友だちのマルチェッロと一緒にリッチェットは中央市場で大勢の大人や子供たちに混じってタイヤやチーズを手当たり次第につかむ。誰もが物に群がり押し合いながら移動する。と、らせん階段に人がひしめき、女が落ちて死ぬ。それでも盗みは続く——。

この日も太陽はローマを容赦なく熱し続ける。リッチェットとマルチェッロはテヴェレ川で泳ぐと、草原に裸で寝転がり、オスティア海岸の話をする。ローマ庶民にとって郊外のオスティアはちょっと洒落た場所だった。

オスティアに行ったことがあるか、ないかとリッチェットが聞くと、もう一人は“Ammazzete”と二度ばかり言う。動詞Ammazzareを正しく活用させれば“Ammazzate”だが、“a”が“e”に変形し、「殺す」という意味が転用されて罵言の「バカ」になっている。この言葉は巻末の語彙集には載っていない。一般的な俗語なのだ。語彙集にあるのは地の文にある独特の俗語的言い回しがほとんどだ。パゾリーニは中間話法を織り交ぜながらローマの貧民街の若者たちの生の姿を捉えようとした。

この「生命ある若者」は発売と同時に大変な評判となる。そして様々な議論が沸き起こる。それを理解するには当時のニュース映画が参考になる。と、パゾリーニ伝の著者エンツォ・シチリアーノは言う。

この小説を攻撃する側は、ポルノグラフィであるとの非難だ。一体どんな点がポルノグラフィなのか。若者たちがいろんな場所でセックスの話をしたり、娼婦をからかったり、実際にセックスする様子が描かれている点なのか。最初の場面の主人公のリッチェットが十四歳の未成年だからか。彼らが話す下品な言葉が文字になったり、その一部が発音されたりするからか。「くそっ!」というニュアンスでイタリア語の「糞」が崩されてよく使われていることは確かだ。また、「ペニス」の意味の単語“cazzo《カッツォ》”は、最初の“c”だけで表記される。当時はたとえ発音されても小説に書かれるような言葉ではなかった。日本でのパゾリーニ展のためにローマを訪れていた頃、私は一度だけパゾリーニ財団近くのリストランテで財団の代表ラウラ・ベッティさんにプランツォ(ランチ)をご馳走になったことがある。その時、ベッティさんはこのカッツォを会話の中に何度か挟んだ。私はちょっと緊張したが、ベッティさんは有名な方だったから、周りのテーブルの客たちも特にネガティヴな反応は見せなかった。

「生命ある若者」には死や盗みや暴力が頻繁に出てくる。仲間同士でも平気で金を盗み、母と息子が口汚く罵りあい、酔っぱらった父は母や子供をよく殴る。一方で優しい心情が漂い、切なさが口にされることもある。そして若者たちはいつだって情けないほど腹をすかしているのだ。

第二次大戦後のイタリア社会の貧困は、ヴィットリオ・デ・シーカ監督の『靴みがき』(一九四六年)によく表れている。行き交う男たちに声をかけては靴磨きの商売をする子供たち。アメリカ兵が解放軍兼占領軍としてローマに大勢駐留していた頃だ。兵隊たちはお得意様。明るい笑顔も商売の内。靴磨きの少年たちは元気がいい。親のいない浮浪児もいれば、貧乏ながら家族と暮らす子供もいる。彼らは靴みがき以外の稼ぎもよくこなす。それがお使いであれ盗みの片棒かつぎであれ、何でもござれ。日銭が入れば食べ物や遊びにつかう。

パゾリーニ財団のアーカイブ

仲良しのパスクアーレとジュゼッペはせっせと貯金して馬を買う夢を持っている。ある日、二人は詐欺の共犯容疑で逮捕され、少年拘置所へ送られ、そこで別々の監房に収監される。パスクアーレは、別室のジュゼッペが拷問されていると思い込み(所長の罠だ)、共犯の件を話してしまう。するとジュゼッペは彼が裏切ったと思い、一方的に仲たがいする。映画のラストは脱走したジュゼッペを追ったパスクアーレが誤って彼を死なせてしまうという悲劇的なものだ。デ・シーカは実際に浮浪児たちに接して彼らのあるがままを映画に作っていった。彼もまたロッセリーニと並ぶネオレアリスモの巨匠である。

ロッセリーニがパルチザン闘争や社会の問題をシリアスに描出していくのに対して、デ・シーカは映画を見ている人の感情に訴える。登場人物たちもきわめて感情的な行動をとる。そのため貧しさも苦しさも空腹感も人間的な表れとして、大いに同情を寄せ集めるのだ。靴みがきの子供たちは実際にローマに湧いており、物語は社会のリアルから出発しているが、脚本は大ベテランのチェーザレ・ザヴァッティーニが見事に書き上げており、作劇法の上からもすこぶる傑作である。興行的に大成功をおさめ、アカデミー賞外国語映画賞に輝いた。

一方、パゾリーニの小説「生命ある若者」は、そうした同情や感涙と無縁である。この小説は『靴みがき』の戦後間もない頃から一九五〇年代の朝鮮戦争の頃までの年月を扱っており、その間にリッチェットは少年院に三年間入り、そして出てきてからは多少様変わりした住居や仲間の様子が描かれる。最初にリッチェットが登場した時は、罹災者用の小学校のなかで家族と暮らしているが、少年院を出てからは、親戚の家の一部に間借りするような形で住んでいる。その家も中にトイレがない作りで、子供たちは床にマットをしいて寝るような小屋だ。その当時の住居難にややあてはまるデ・シーカの映画に『屋根』(一九五六年)がある。この脚本もチェーザレ・ザヴァッティーニだ。共働きの新婚夫婦に家がない。親の家は姉夫婦も同居していて、さらに姉に赤ん坊が生まれ、追い出される寸前にある計画を思いつく。一夜のうちに空き地に家を建て、屋根をふいてしまおうと。当時の法律にそういう抜け道があったのだ。若い二人は仲間の協力を得て、自分たちで材料をそろえて、家を建てる。

これはやや単純すぎたが、貧しくともがんばる庶民は観客に歓迎される。

パゾリーニの小説に登場する人物たちはデ・シーカの描く庶民のように健気に努力することもなく、家族も仲間も助け合ったりはしない。ネオレアリスモとは異質の「レアルタ」（事実）を、パゾリーニは言葉によって作り上げる。

パゾリーニの言う「レアルタ」は、現実とリアルをもっと緊密に結びつけた「現実のリアル」のこと。ネオレアリスモの文学やそれ以前のヴェリスモ（真実主義）文学、またその影響を受けたグスタヴォ・セレナ監督の『アッスンタ・スピーナ』（一九一五年）などサイレント期のヴェリスモ映画とも関係がないわけではないが、文学とは比較にならない規模でネオレアリスモ映画が戦後、世界的な成功をおさめたことに対して、パゾリーニが自ら映画を撮るようになってから特にそれとの差異を主張する時に用いる言葉が「レアルタ」である。

ネオレアリスモ映画の流行は戦後すぐの一九四五年から十年ほど続く。アルベルト・ラットゥアーダ監督、アメデオ・ナッツァーリ主演の色男ギャングが登場する"Il《イル》 bandito《バンディート》"（ギャング、一九四六年）までネオレアリスモの装いだったり、何が何でもネオレアリスモだ。なかでもバラ色のネオレアリスモと呼ばれる作品群は、デ・シーカが最も得意としたもので日本人好みの涙と笑いの庶民劇に通じるものがある。前述した『屋根』もそうだが、それ以前に作られた『ミラノの奇蹟』（一九五一年）にその兆しは色濃くあった。ザヴァッティーニが自作原作を脚色し、デ・シーカが監督したこの映画は、キャベツ畑で誕生した善人トトが成長して社会に出てから天国のおばあさんから贈られた魔法の鳩の力で、バラックに住む貧しい人々の願いをかなえるというメルヘン仕立てに特徴がある。イタリアでの批評は厳しかったが、カンヌ国際映画祭で最高賞のパルム・ドールに輝いた。

戦後の経済復興が着実に始まっていることが、オペラ公演がはねた後のミラノ・スカラ座前の着飾った上流階級の人々の様子や、バラックの立ち並ぶ地区にブルドーザーを入れる実業家の横暴ぶりに端的に表れており、発展から取り残される貧困層の実態が対照的に浮かび上がる。

しかし、そこに闘争のエネルギーはない。映画は貧しい人々の味方になってはいるが、観客の同情を買いつつ、ラストを心やさしいファンタジーで包み込むだけである。貧しい人々は善良で、明るく健気であることが強調される。同じデ・シーカ監督によるネオレアリスモの傑作『自転車泥棒』(一九四八年)に比すべくもない。感情に訴える点では同じでも訴える質が違う。

パゾリーニの小説は、人情にも感情にも頼らず、訴えず、しかし、人間的な情感が時としてあふれ出る。

若者は無機的なほどあっさりと死んでいく。八章まである「生命ある若者」の二章の終わりでリッチェットの友だちのマルチェッロが死んでいくさまはひとしお哀れだ。多くの家族が住居にしている小学校の建物が崩壊する。その時居合わせたマルチェッロは肋骨を折り、入院する。はじめは見舞いに来た家族に病院の食事の話などをして屈託がないようだが、だんだん衰弱していく。折れた骨が内臓に刺さったためだ。そして病院で死ぬ。筆致はさらりとしているが、リッチェットに会いに来て、会えずに一旦帰りかけて、また戻って事故に遭遇するマルチェッロの運命はダヌンツィオ風悲劇の趣きがある。事故の日、オスティア海岸に遊びに行って帰ってきたリッチェットは惨事に驚くが、彼はマルチェッロの見舞いに行くこともなく友と死別する。家にいたリッチェットの母親も死んでしまうが、そのことは後で叙述されるだけであり、母の死やマルチェッロの死をリッチェットがどう受け止めたかはわからない。

リッチェットが非情だというわけではない。彼が川で溺れるツバメを助けるエピソードが小説の初めの方にあり、マルチェッロは呆れてその様子を見ているのだ。

小説の最後の八章は「痩せたおばさん」とタイトルが付けられている。一章の「フェロペドー」はセメント工場を指し、二章は「リッチェット」、他の章も場所や気候を表しているのと違って、八章の「痩せたおばさん」は、章の初めに「ジュリア通りの痩せおばさんは鋭い爪をふりあげて」のジュゼッペ・ジャコモ・ベッリ(一七九一―一八六三)の詩句が引用され、「死に神」の比喩(ローマのジュリア通りには「死の教会」がある)になっている点できわめて象徴的である。ここでも若者が死ぬ。「日曜日の朝ももう遅かった」で始まる八章は、テヴェレ川の支流アニエーネ川が舞台だ。川のそばの茂みに三人の子供の兄弟と彼らの犬がいる。めずらしくたっぷり犬をかわいがる長兄のジェネージォ。そのキャラクターが丁寧に書かれる。

心の優しいジェネージォは、可哀想に、いつも感情の動き、愛着の激しさを苦しいほどに感じていたので、いっさいを心の底に隠して、自分の心を曝け出さないようにできるだけ話をしないようにしていたのだったからだ。

（「生命ある若者」米川良夫訳）

それがジェネージョがふだんあまり犬への愛情を示さない理由だった。この日は違っていたのだろうか。やがて川に年長の若者たちがやってくる。石鹼で体を洗ったり、鼻歌を歌ったりする若者たち。三人兄弟の真ん中のボルゴ・アンティーロは彼等のひとりにかまわれ、歌を歌わせられる。ジェネージョは彼らにかかわらず、水際に行く。末弟と犬が従う。ジェネージョは服を脱ぎ始める。と、しゃがみこんだマリウッチョはうやうやしく兄の様子を眺める。

「今日は川を渡るぜ」

その言葉にまだ学校にも行かない幼い弟のマリウッチョは感動する。

ジェネージョは下着ひとつでタバコを吸い、髪に櫛を当て、分け目をきちんと作り、額の上で真っ黒な髪のウエーブをこしらえる。まるでフィルムノワールのヒーローのよう。仕事に出る時の殺し屋のダンディズムさながらだ。マリウッチョは次兄を大声で呼ぶ。

「今日、ジェネージョが川を渡るって！」

だが、長兄は用心深い。一服して、それから弟たちに将来の計画を打ち明けてからだ。その計画はこんな風に語られる。

「大きくなったら、おれたち親父をぶち殺してやるんだ」

賛同する弟たち。

さらにジェネージォは言う。

「おれたち、あいつを殺してやんなきゃならないんだ！　それから、どっか他所へ行って、母ちゃんといっしょに住むんだ」

この小説に目くじら立てる検察側は、ポルノグラフィーであるとの理由で発禁処分とするが、実は、少年たちや若者たちの行動に不快感を持ったのかもしれない。ネオレアリスモ映画に悪い大人が脇役として登場することはあるが、家族間の情愛を大切にした映画がほとんどであり、親を殺すというセリフは絶対あり得ないのである。

計画を話してからジェネージォは川を渡る練習をする。その川には工場の排水が流れ、ところどころ黒い油や黄色い泡が立っている。一九五〇年代のイタリアは産業化への道を歩み始めており、北部ほど産業の進んでいないローマあたりでも工場はせっせと稼働していたのである。

三人兄弟とは別に若者たちが互いに軽口をたたきあっていると、戦車とそれをはやす子供たちの一団が通り過ぎる。その後、若者のひとりペガローネが咳と痰でむせかえり、ひどく苦しがる。その描写に「礫になったキリストのような肋《あばら》」のたとえが使われる。ひょっとしてこれは彼の死の予兆か。ペガローネが具合悪くなったのは消化不良が原因だった。というのも前の日彼は食事を抜かし、今朝籠に半分のパンとブタの皮付き肉を食べたのだった。消化不良で死ぬ話はパゾリーニの映画『マンマ・ローマ』（一九六二年）や彼がゴダールやロッセリーニと競作したオムニバス映画『ロゴパグ』（一九六三年）の一篇『ラ・リコッタ』に共通するモチーフだ。

ペガローネが具合悪いと仲間たちが騒ぎ始め、顔に水をかけて吐いたものをきれいにしてから彼を家の方に担いでいく。それと入れ違いにリッチェットがやってくる。リッチェットに仲間がペガローネのことを説明している間、「ペガローネは、カチョッタと、ティリッロがまるで十字架からおろされたキリストというように彼を地面におろして休憩したあいだに動き始め……」と再びキリストの比喩の描写がある。

だが、終章で死ぬのはこの若者たちの誰かではなく、彼等より若い世代の少年である。

新品の海水パンツ持参で泳ぎにきたリッチェットは、ジェネージォたち三兄弟を今に監獄行きだぞと脅したりしながら泳ぎ始める。ジェネージォは川を渡りきるが、向こう岸に着いたままでいる。と、末の弟が「こっちに戻んないの」と泣き叫ぶので、川に入るが、犬かき泳ぎなので、水の勢いに流され、ついに沈んでしまう。先に岸にあがったリッチェットはそれに気づくがどうすることもできず、「彼は死んだように蒼ざめて立ち止ま」るだけだ。事態は最悪だったし、川でおぼれるツバメを助けた時のリッチェットではもはやなかった。そのことはリッチェットが誰よりも知っている。

「逃かろう、そのほうがいい」と、リッチェットは彼もほとんど泣き出しそうになりながらひとりでそう呟くと、急いで街道のほうへ斜面の道を歩き出した。ふたりのちびたちよりも先に橋へ出ようと、ほとんど走るようにしてのぼって行った。

「おれはこのリッチェットがかわいいんだよ、な！」と彼は考えていた。

（「生命ある若者」米川良夫訳）

ここに痛切な倫理はあってもポルノグラフィーはない。訴えたのはミラノ検察、訴えられたのは出版社ガルザンティ社のアルド・ガルザンティと著者のピエル・パオロ・パゾリーニである。

2 アッカトーネは誰だ

フリウリを追われるようにローマに出てきたパゾリーニは、生きるために懸命に仕事を探した。母も同様だった。住まいは貧困者たちが多く住むスラムのようなところだった。

その環境の中で小説「生命ある若者」や「激しい生」が書かれ、劇映画『アッカトーネ』（一九六一年）が作られる。という脈絡は間違いではないが、孤独なパゾリーニがスラムの若者たちと知り合って、奇跡的に、あるいは自然発生的に小説や映画が生まれたと短絡的に考えるのは間違いだ。孤独なパゾリーニは野心家でもあった。

せっせと自作の詩を文学賞に応募する。著名な作家、詩人たちと知り合うことに精を出す。つてができればそこからさらに交友関係を広げていく。努力の甲斐あり、成果があがる。実際、パゾリーニの才能を見出す芸術家は多く、見出したからには応援しようと、彼を自分の友人、知人に紹介する者も少なくなかった。そのこともパゾリーニは期待し、予測していたかもしれない。したがって詩集の出版、小説の刊行はパゾリーニ自身が切り拓いた道である、と言っていい。それは彼が二十代でフリウリ語の詩集を自費出版した時からの方法でもあった。

文献学者で文芸批評家ジャンフランコ・コンティーニの目に留まった「カサルサ詩集」の出版には、実際当時の女友だちの助力があった。

文学活動の発端はカサルサ以前にボローニャにこそあった。ボローニャはパゾリーニの生まれた街でもあり、また仲間たちと文学活動を始めた拠点なのだった。最初はボローニャ大学の友人たちと四人で詩の同人誌を出す計画を立てる。雑誌の名前は“Eredi”《エレディ》（後継者たち）。自分たちは何を目指すか。方向性を巡って意見が分かれた。伝統の継承と新しい詩の創造だ、と三人は言う。パゾリーニは擬古典主義を目指そう、と主張する。

古典回帰の意志が時々パゾリーニに見えるのだが、それは十代の三島由紀夫が「文藝文化」に擬古典主義の装いも鮮やかな「花ざかりの森」や「みのもの月」を書いていたこととよく似ている。

しかし、パゾリーニはボローニャを離れ、カサルサで夏を過ごすうちに農民の話し言葉に強く魅せられていくのである。これは三島には起こらなかったことだ。三島は「潮騒」で漁村の若者の恋を描くが、それは多分にギリシア神話的なメルヘンを意識してつくられたものであり、リアルな漁村の若者の言葉や活動に三島がじかに魅せられたわけではなかった。

ローマでパゾリーニは新しい言葉に出会う。低所得者層の若者たちの話す俗語である。それをパゾリーニは小説の文体に取り入れる。若者たちは戦後のイタリアの経済復興のおこぼれにあずかりつつ、その不平等なゆがみをことさら反映する鏡でもあった。

ミラノ地検の訴えで小説「生命ある若者」の裁判が始まると、パゾリーニ側の証人のひとりとして高名な詩人のジュゼッペ・ウンガレッティ（一八八八―一九七〇）が立ってくれる。エジプトのアレキサンドリア出身のウンガレッティは、パリ大学で学び、詩人のギヨーム・アポリネールやポール・ヴァレリーらとも親しかった国際的な著名人であり、イタリア現代詩の父親的な存在でもあった。その大詩人が若きパゾリーニの味方に付いた意味はとてつもなく大きい。ウンガレッティは、「カサルサ詩集」を最初に見出した文献学者のコンティーニと同じようにダンテの熱心な崇拝者であり、「神曲」の特に「煉獄篇」を愛し、その二十七歌の一節をもとに詩をつくっている。

MATTINA
Santa Maria La Longa il 26 1917

M' illumino
D' immenso

「マッティーナ」（朝）というたった二行の詩である。だが、ここには「神曲」が見事に反映されている。ヴィルジリオに導かれて煉獄を旅するダンテは夢を見て、そして目覚め、あふれる光に感動する。その場面が再現され、オマージュが捧げられるのである。「煉獄篇」の二十七歌、二十八歌は天国に近づいている予兆のためにまばゆい光が出て来るかのよう——と、イタリア文化会館のプロフェッソーレが教えてくれた。

「神曲」は、読み終わるということがない。終わりまで読んだとしても、それは本当に読んだことにはならない、違うのだと、プロフェッソーレは受講者たちをよく戒める。十人の受講者（私が一番の新参者で、「神曲」二回目、三回目の人もいる）は、全員ダンテよろしく弟子となりヴィルジリオ先生がのり移ったプロフェッソーレに導かれるまま二時間から時には三時間近くおとなしく教室にいる。定められた講義時間は一時間三〇分だが、私たちのジュゼッペ・ロンゴ先生は次の授業まで空いているので、心行くまで教えてくださる。

ウンガレッティとカルロ・ボの応援のおかげもあり、裁判の結果は無罪。わいせつ罪は成り立たなかった。発禁が解けて、本は再び書店に出回る。一九一一年生まれのカルロ・ボは、ギュスターヴ・フローベールの「ボヴァリー夫人」などのフランス文学研究やスペインのフェデリコ・ガルシア・ロルカの詩やミグエル・デ・ウナムーノの評論の翻訳で活躍する批評家であり、政治家でもあった。「生命ある若者」の主人公リッチェットは少年の頃、友だちとオスティアの話をして憧れるが、年がいくとそこへよく遊びに行く。ローマ市民にとってオスティアはちょっと素敵なリゾート地だ。

そこのチャイニーズ・レストランでパゾリーニはフェリーニと交わした苦い会話をよく思い出す。十年以上温めていた映画の企画『アッカトーネ』の製作を二人のプロデューサーにゆだねていたが、進捗がなく、彼らに見切りをつけたパゾリーニはフェリーニの会社に持ち込み、一旦は引き受けてもらえるが、その後、キャンセルになり、大層落胆するのである。そのことが、パゾリーニの初期の代表作『アッカトーネ』と『マンマ・ローマ』、そして彼自身による映画化ではなく、その死後弟子のセルジォ・チッティが監督した『オスティア』のそれぞれ元になったシナリオ三部作（ガルザンティ社発行）の始めに置かれた『アッカトーネ』にまつわる思い出として書かれている。

一九六〇年十月四日のことだ。表題には「前夜　十月四日」とあるだけで何年かは載っていないが、文中でパゾリーニの母が「今日はグイードの誕生日だわ。生きていたら三十五歳になっていた」と、語るのでグイードの生年に三十五年をプラスすると、一九六〇年になる。

その日は前の日にフェリーニがパゾリーニの撮った二つのシーンを見て、ひとまず電話を寄越し（それはかなりパゾリーニを心配させる通告だったようだ）、パゾリーニは朝から悶々としながらも別の仕事に手をつけたりして、その後の電話を待っているという状況だった。パゾリーニは不安と焦燥にかられている。その時の心理状態が現在形で書かれる。と、同時にその日までにどれほど自分が夢中になって映画の準備をしたか、シナリオから二シーンを選び、実際にローマの街に出て撮影し、生まれて初めて映画を撮った興奮を回想するのである。

それまではマウロ・ボロニーニ監督の映画のシナリオを書いたり、フェリーニの映画の台詞に協力したりしながら映画にかかわってもきたが、ボローニャの学生時代から彼は熱心な映画ファンであり、戦後間もない頃はロベルト・ロッセリーニ監督のネオレアリスモ映画に感動し、ローマの映画学校チェントロ・スペリメンターレ・デル・チネマ（映画実験センター）に入学して監督になろうと、思ったりもしたのである。

待てども待てどもフェリーニから電話はこない。そこでこちらからフェリーニの事務所にかける。不在だ。誰かの結婚式に行ったという。スパゲティの昼食を母と二人で静かにとる。そして電話が鳴る。同じ建物の五階にいるベルナルド・ベルトルッチからだ。父のアッティリオ・ベルトルッチがパルマから着いたのだ。

詩人のアッティリオはパゾリーニの文学を高く評価した一人である。「生命ある若者」が一九五五年のコロンビ・グイドッティ文学賞を受賞した時の審査員もつとめている。家族ぐるみのつきあいから、息子のベルナルドも十九歳年上のパゾリーニに傾倒する。ベルナルドがローマ大学を中途でやめて映画を志したのもパゾリーニの影響が大きい。

ベルトルッチ父子としばらく歓談する。今とりかかっている映画とフェリーニのことも当然話題にのぼる。彼らと別れ、パゾリーニは車で街に出る。パルマはすでに秋だとアッティリオが言っていたが、十月のローマは、アフリカから吹いてくるシロッコのせいで汗ばむ陽気だ。

昨日までのことをパゾリーニは思い返す。生まれて初めて自分自身で映画を撮った。シナリオを書いたり、台詞を作って映画に参加するのとはまるで違う興奮だ。最初は写真をとっていった。街の人たちのさまざまな顔、建物、道をとりまくった。そしたらフェリーニが助言してくれた。いくつかシーンを撮ってみたら、どうか、と。そうだ、映画の撮影機を回してみよう。俳優たちやスタッフや技術者たちと動き回った。これが映画を撮るということなんだ。初めての経験にパゾリーニは有頂天になる。苦労しながら仲間たちと二つのシーンを撮影した。編集して音も付けた。これは何かの企画を持ち込んだり、資金集めをするためのパイロット版とは違う。もう企画は認められ、始まっているはずの映画の一部を撮ったのだ。そんな自負がある。渡されたフィルム缶を持って、フェリーニが試写を見に行ったのは昨日のことだ。一緒に行けばよかった。自分も、それから仲間たちも、とパゾリーニは思う。

仲間たちの筆頭はセルジォ・チッティだ。セルジォはパゾリーニが「生命ある若者」を書くのに大いに協力した。一九三三年ローマ生まれのセルジォは、パゾリーニより十一歳年下の若者でローマっ子の言葉や新開地の不良たちの隠語によく通じていた。というか、彼も典型的な新開地の不良の一人だった。

出会いは一九五一年、夏のローマ。パゾリーニはマンモロ橋の下の砂浜でセルジォを見かける。その数日後、今度はアックァ・ブリカンテ映画館の前で会い、二人はおしゃべりを始める。

セルジォは十八歳、教護院を出所したばかりだった。彼にはパゾリーニが社会福祉員に思えた。で、ちょっと身構えた。するとパゾリーニは「僕は作家なんだよ」と言った。そして二人はその夕べ、長いこと話し続ける。セルジォは自分のことを話し、パゾリーニはまるで精神分析医のところで話すみたいに自分自身の思春期のエロスの推移について語るのだった。

パゾリーニは今、書こうとしている小説のことでセルジォに協力を頼む。新開地の若者言葉をセルジォに助けてもらいたいのだ。

お安い御用！　と言ったかどうか。二人の協力態勢ができあがる。貧乏なパゾリーニは事務所も書斎も持たないから、相談場所は街のなか。トルピニャッタ―ラのピッツェーリア（ピザ屋）で会っては話をする。その頃、パゾリーニよりセルジォの方が懐具合がよかった。それでセルジォはよくピザをおごった。彼は左官の仕事をして稼いでいたのだ。セルジォはある時、弟のフランコをパゾリーニに紹介する。やがて『アッカトーネ』の主人公となる男だ。

パゾリーニをめぐる人間模様は、日本でも一通り紹介されているが、作家のアルベルト・モラヴィア、女優のラウラ・ベッティ、助監督だったベルナルド・ベルトルッチ、パゾリーニの映画のイコン的存在の俳優たちとしてフランコ・チッティとニネット・ダヴォリ、『王女メディア』（一九六九年）で一時は結婚の噂もあったマリア・カラス等々。だが、セルジォ・チッティのことはほとんど紹介されてこなかったと思う。フランコ・チッティの兄で、パゾリーニの映画の助手や助監督だった、という程度の認知度だ。セルジォが監督した『オスティア』（一九七〇年）はパゾリーニが脚本を書いたものだが、日本で公開されなかった。同じくパゾリーニの原案から脚本を書き、『殺し』（一九六二年）で監督デビューしたベルトルッチとは雲泥の差である。

しかし、イタリアではセルジォの知名度は決して低くはない。パゾリーニに関しての彼の発言は尊重される。ずっとパゾリーニを支えてきた忠実な友だということがよく知られているのだ。

セルジォが協力した小説「生命ある若者」は出版されて大変な評判になるが、パゾリーニが文学賞を受賞して彼の写真が新聞に載り、その時初めて本が出たことを知ったようだ。できあがった本をパゾリーニはセルジォに渡さなかったのか。一流の作家や批評家たちにしか献本しなかったのかもしれない。だが、パゾリーニは本が売れて儲かると、セルジォやその仲間たちに山のような服のプレゼントを持ってやってくる。本が出版されて二年ほど経った頃だ。思い出の映画館アックァ・ブッリカンテの前に中古の白いフィアット600に乗って現れたパゾリーニは、次の本もセルジォに協力してもらいたいと話し、つきあいが続く。こんなところにパゾリーニのきわだった特色がある。セルジォや彼を通じて知り合った街の若者たちとのつきあいは小説や映画に実を結んでいくのだが、そのためにのみつきあうわけではない。むしろその逆で、つきあいから彼の芸術が生まれていくと言った方がいい。カサルサの朝、農家の少年が声にした言葉から詩が生まれたように、ローマの新開地の若者たちと仲間感覚でおしゃべりしたり、サッカーしたり、泳いだりする直接のつきあいから命のレアルタ（事実性）をパゾリーニは自分のなかに摑み込んでいく。

三島由紀夫がある小説を書くときにカフェやダンスホールやジムで知り合った若者たちを家に呼んで仲間づきあいをした後、小説が完成すると、途端につきあいをやめ、彼らが家に来るとひどく驚いて前とは異なる態度をとる。それとパゾリーニは正反対。彼は心底街の不良たちが好きだったのだろう。

パゾリーニの二作目の小説「激しい生」は、新開地の若者の成長物語だ。主人公トンマーゾは衝動的に暴力をふるう。ネオファシスタのグループの仲間で、親の家で暮らしている。事件を起こし、刑務所に入るが、出所すると前に知り合った堅気の娘を恋人にする。結婚を考えるが、病気をし、療養施設に入る。そこで待遇改善を求めるデモに遭遇し、デモ参加者が警察に手ひどい目にあわされるのを目の当たりにして、トンマーゾは社会主義に目覚める。これはパオロ・フェウシュとブルネッロ・ロンディが共同監督し、フランコ・チッティ主演で一九六二年に映画化された。

パゾリーニがフェリーニの『カビリアの夜』（一九五七年）で協力を頼まれた時も、ヒロインの娼婦が住むバラック界隈の人間たちのセリフ作りにやはりセルジョが力を貸した。『カビリアの夜』のクレジットにパゾリーニの名前はのるが、そこにセルジョの名前はない。この当時のパゾリーニは「生命ある若者」が話題になった後だから、ボロニーニ監督の映画の脚本を書いていた時とは違い、ネーム・ヴァリューは相当なものになっていた。フェリーニがパゾリーニを必要としたのも時代の寵児の新しい才能が自分の映画に欲しかったからだろう。

パゾリーニに協力を頼んだ時、フェリーニはかつてロベルト・ロッセリーニ監督が彼を訪ねたことを思い出していたかもしれない。当時フェリーニは米兵相手の似顔絵かきショップを出していた。そこにやってきたロッセリーニは『無防備都市』（一九四五年）の神父役に喜劇役者のアルド・ファブリツィを起用したいと思っていた。フェリーニは一九四四年のローマ解放で米軍がマスコミをはじめ文化娯楽すべての情報と表現を統括するまではイラストやマンガを中心にした風刺雑誌やラジオ番組の台本作り、また映画の脚本家として活躍しており、ファブリツィが路線バスの車掌を演じた最初の映画出演作『アヴァンティ、チェ・ウン・ポスト』(お進みください、席はあります)(一九四二年)で脚本に協力したのがきっかけでファブリツィに気に入られ、その後二本のファブリツィ主演映画の脚本に参加した。仕事の面だけではなくファブリツィはフェリーニをローマの歓楽街や有名スポットに案内していくのである。そうした場所でフェリーニは有名人や芸術家たちと知り合いになっていく。だからロッセリーニはフェリーニにファブリツィと知り合うために仲介の役をとってもらおうと考えた。

これがきっかけでフェリーニはロッセリーニの映画で働くようになる。そして『無防備都市』のシナリオに参加、助監督も兼ね、続いて『戦火のかなた』(一九四六年)でも同じくシナリオと助監督を兼ね、原案の協力者の一人になる。さらにアンナ・マニャーニが評判になったジャン・コクトー作の一人芝居を元にした短編『人間の声』(一九四七年)と共に上映された短編『奇蹟』(一九四八年)の原案とシナリオと出演までこなすのだ。ファブリツィにかわり、今度はロッセリーニがフェリーニを大いに気に入ったのだろう。もっとも、単に気に入っただけでなく自分の映画にフェリーニが必要だと思ったからこそ、仕事の上で関係が続くのだ。

ロッセリーニにはもともと頼りになるセルジォ・アミデイがいた。『無防備都市』の原案もアミデイのもので、彼はドイツ占領下のローマでパルチザン活動のために処刑された実在の神父やパルチザン狩りで収監された夫を追おうとして路上で射殺された新妻の話を元にした映画のために脚本を書いていた。

一九三〇年代から脚本家として商業映画を手がけてきたアミデイは、一九四四年の夏にはあるプロデューサーの依頼で脚本にとりかかっていた。その頃ロッセリーニはよくアミデイに会っていろいろおしゃべりするうちに、ドイツ占領下のローマの話に興味を持ち、やがてそれが映画の企画として成熟していく。映画監督の多くは人たらしの才能を持っており、いつしかアミデイもロッセリーニに魅了されてしまったらしい。そこで前からつきあいのあったプロデューサーとの話は棚上げしてドイツ占領下のローマの人々の抵抗の映画をつくることに向かう。ロッセリーニもそのための資金作りに奔走して、神父の話と路上で射殺された女性の悲劇の二つで脚本が構成される。神父役に喜劇俳優のアルド・ファブリツィを推したのもアミデイである。

ファブリツィの出演が実現すると同時にフェリーニが脚本と助監督に参加してくる。原案と脚本と助監督をアミデイが担当している、その領域にベテランの彼から見れば新参者が突然割り込んできたようなものだ。しかし、ロッセリーニには考えるところがあったのだろう。

ヨーロッパの映画には原案と脚本に複数の人名がクレジットされることがよくある。おしゃべりから原案が浮かべば、その時の話者が立派な原案者となる。脚本に三人、四人の名前があっても彼らが一堂に会して話し合うわけでもない。台詞だけ担当とか、後から協力の場合もある。ロッセリーニはフェリーニに会って、その才能のきらめきを見抜いたのだろう。最初はアミデイに内緒でフェリーニを脚本に加える。が、やがてアミデイもそれに気づき激しく嫉妬する。

完成した『無防備都市』は、一九四六年のカンヌ国際映画祭でグランプリを獲得し、ニューヨークを始め世界の主要都市で上映されると、素晴らしきかな、イタリア・ネオレアリスモ映画！と讃えられる。だが、皮肉なことにイタリア国内ではそれほどヒットしたわけでもない。ロッセリーニはファシズム時代にベテランのフランチェスコ・デ・ロベルティス監督の引きで彼と共同監督した『白い船』（一九四一年）がヴェネツィア国際映画祭国民ファシスト党杯を受賞し、ベニート・ムッソリーニから称賛された経緯もあり、外国の批評家や観客のように手放しで絶賛するわけにはいかなかったのだろう。人々にしてみても、筋金入りのパルチザンの闘士は別として、一般の人はすべてパルチザンに協力したわけではなく、実際のところファシストでもパルチザンでもなく、その時々でマイ・ペースというか、己が道をそれぞれが歩んでいたと言った方が正確だろう。それにパルチザンに協力して犠牲になった神父とまた別のところで闘争とは関係なく夫への愛から制止をきかずに射殺された女性のことは記憶以前に生々しい出来事であり、ローマの人々にとっても、またローマ以外でもドイツ占領下、ファシストの犠牲になった者は多く、反対にパルチザンに虐殺されたファシストも、そうした人たちの肉親や知り合いも同じ地域にいたわけだから思い出したくない気持ちもあったに違いない。

ただ、ロッセリーニとしては北イタリアにナチス・ドイツの傀儡政権であるイタリア共和国が出来、ファシスト政治家たちが映画人も北に連れて行こうとした時にそれには応じなかった。だから自分は十分パルチザンの映画を撮るにふさわしいと自任していたようである。

そしてすぐにロッセリーニは『戦火のかなた』にとりかかる。この時もアミデイと共にフェリーニが脚本に参加。二つの実話をもとにした前作と違い、連合国軍が上陸する南のシチリアからナポリ、ローマ等を経て北へと向かうこの映画は、地域によって戦争終結の時期に差があった少し前のイタリアの現実をフィクションとして描くものだ。ローマ篇では酔いつぶれたアメリカ兵を誘った娼婦が、ローマ解放の時にその兵に水を差しだした純情な乙女であった自分を思い起こすというメロドラマ仕立て。一方、フィレンツェ篇はアルノ河を挟んでパルチザンとファシストが戦闘を繰り広げる街を赤十字のイギリス女性が恋人のパルチザンのリーダーの安否を確かめるために銃弾を避けながら動きまわる話である。

映画の題材に使えそうなエピソードはいくらもあった。ラストの北イタリアのパルチザンの戦いについて脚本でもめる。アミデイはパルチザンの栄光を讃えるべくその勝利でラストを飾る筋を考える。俳優たちも金髪碧眼の英雄イメージ。ところがロッセリーニはアミデイらの思いとは真逆の、みじめな最期を迎えるポー川流域のパルチザンの話にしたいと思う。映画は監督のもの、そしてフェリーニに、アミデイの脚本のを書き直しをさせるのだ。

正規の軍人や兵士と違い、パルチザンはゲリラだ。捕虜になると待遇がまるで違う。捕虜についての国際協定など適用されることなく川に落とされ、処刑される。それがパルチザンの運命であり、これがイタリアの戦争の終わり方でもあった。かくて『戦火のかなた』は大傑作となる。

この後、フェリーニはしばらくロッセリーニの映画に参加し、ロッセッリーニが途中でいやになって放り出した喜劇王トト主演の『自由は何処』（一九五二年）を仕上げてから自分の映画作りに専念していく。一方、にがい思いを何度も味わいながらアミデイは、ロッセリーニとの仕事を続け、他のべテラン監督たちのためにもせっせとシナリオを書いていく。

ところでフェリーニが監督として活躍する時、シナリオで最初から関係するのは脚本家のトゥッリオ・ピネッリと作家でもあるエンニオ・フライアーノだ。特にフライアーノの貢献は大きい。洒落たローマのヴェネト通りをチネチッタ撮影所のなかにこしらえて、時代を先取りしたゴージャスな傑作『甘い生活』(一九六〇年)もフライアーノの才能あってこそ生まれたと言えよう。その前の『カビリアの夜』もフライアーノが原案と脚本で大きくかかわっている。そこにパゾリーニが台詞協力者として入ってくる。この時のパゾリーニは一世風靡の新しい小説「生命ある若者」の著者だ。当然、フライアーノは嫉妬する。彼にはフェリーニがパゾリーニに夢中になっているように見える。実際、そうだったろう。自分の映画に貢献してくれそうな才能にほれ込むのは当然だ。そこに幸福な勘違いが生じる。映画の世界でよくあることだ。

『アッカトーネ』の企画をもってフェリーニが立ち上げた会社にパゾリーニが泣きつきに行き、自分の映画を作りたいと言った時、フェリーニは彼を抱きしめ、「君の映画を僕の会社で作ろう」と約束してくれた。パゾリーニが別の二人のプロデューサーたちと映画の準備をしていた頃からフェリーニはよく誘いをかけていたし、『甘い生活』が国内外で大成功をおさめた直後だったからまるでゼウスに抱きしめられたアポロンのように父の愛を信じたはずだ。実際、パゾリーニの周囲の人間は、彼がフェリーニを父のように慕っていた、と言う。フェリーニはたった二歳の年長だったのだが。

行くあてもなく車を走らせるパゾリーニは、車でごった返す市内を逃げるようにアッピア街道から街の外へ向かう。戻ってきたのは夕暮れ時。ああ、何たる絶望の街。死を思い出させる街の灯よ、とパゾリーニは思う。車の量は一段と増え、駐車をめぐる熾烈な戦いがあちこちで繰り広げられる。フェリーニの会社フェデリッツのあるクローチェ通りは特にひどかった。やっとオカ通りで駐車すると、車から出て歩き始める。と、通りの角からモラヴィアがやってくるのが見えた。互いに挨拶をかわすが、彼も何かで消耗しているようだった。僕も平静を装っていたが、モラヴィアは即座に全てをわかってくれた。彼にあっては知性は善良さであり、善良さは知性なのだ。そして今夜ディナーを一緒にとろうと約束して彼は家に戻っていった。

モラヴィアは終生パゾリーニの良き友であった。パゾリーニ訃報のニュース番組でも真っ先に友の死を悼む言葉を発した。

「我々は今世紀最大の詩人のひとりをうしなった」と。

パゾリーニにとってモラヴィアは本当に善良だったに違いない。しかし、彼の女性遍歴はしたたかで、金銭に関しても相当なつわものである。もっともユダヤ人迫害のファシズム時代を生き延びた作家としてはしたたかさあっての人生には違いない。

歩いてフェデリッツ社に行くと、会社はもうやっていないように見えたが、中に入るとフェリーニの弟のリッカルドやプロデューサーのフラカッシもいた。そして当のフェリーニも自分のオフィスから出てきたところだった。もう彼も逃げられない。この偉大なるペテン師よ！　一瞬驚くが、すぐパゾリーニを抱きしめる。そして自分のオフィスに招き入れると、洗練された率直さで二つのシーンの映像を気に入らないと言うのだった。そうだとは思っていたけれど、きっとその前から企画を気に入っていなかったんだ。貧乏くさいから？　粗削りだから？　僕が会社を訪れた時から、いやだったのかもしれない。それでも何か期待していたのだろうか。映画を撮るのはまったく初めての経験だったし、僕に過大な期待をされても、奇跡の映像を期待されても、それは無理だと心の中でパゾリーニは思う。撮り直そうか。それがいいかもしれない。いや、そうは言っても……。

一旦は、撮り直しの話になってその日は別れるが、フェリーニは僕の映画をつくる気なんてないと、パゾリーニは確信を深めていく。母の待つ家に戻ると、モラヴィア夫人のエルサ・モランテからディナーの連絡が来るが、パゾリーニはそれを断り、家に残る。とても他の人たちと会食する力が湧いてこないのだった。

だが、フェリーニから見放された後、パゾリーニは起死回生をかけて映画『アッカトーネ』を完成させる。

＊

十一月一日のパゾリーニの命日がくるたびにパゾリーニの顕彰が行われ、パゾリーニがいかに素晴らしかったかが関係者により語られる。モラヴィアが存命の頃は特にそうだったし、パゾリーニ財団のラウラ・ベッティさんが目を光らせていた二〇〇四年までも顕著だった。

神格化しすぎではないか。と、一九九二年発行の「オッジ」誌でくさすのは、「ローマの歴史」

や「ルネサンスの歴史」が日本でも翻訳されている最長老ジャーナリストのインドロ・モンタネッリ（一九〇九－二〇〇一）である。モンタネッリの歴史読み物は皮肉と風刺がきいており、とにかくそのスケールに驚かされる。皮肉のスケールは何より精神のスケールの証しである。ルネサンスの頃の歴代法王たちがいかに権力闘争に明け暮れ、法王の座を奪い取るために毒殺も平気でやってのけたかをしゃらっとした調子で語る。カトリックだけがやり玉にあがるのではなく、宗教革命やプロテスタントの信条がいかに自分たちだけ助かればいい、という自己本位のものであるかも言ってのける。

モンタネッリは左翼嫌いのリベラリスト。知識人と言うと決まって左翼を意味するのはどうしてか。右翼は知識人と見なされないのか、と毒づく。生まれはトスカーナ州フィレンツェ県のフチェッキオ。母の実家が所有する城館で生まれた。大新聞「コッリエーレ・デッラ・セーラ」紙に四〇年近く書き続け、後に"il Girnale《イル ジョルナーレ》"紙を創刊し、その編集長となる。

ところがこの「イル・ジョルナーレ」紙にテレビ局を持つメディアの帝王シルヴィオ・ベルルスコーニのグループがオーナーとして入り込み、ベルルスコーニが政界に進出した一九九四年、言論の独立性がそこなわれたとしてモンタネッリは編集長をやめ、猛烈な反ベルルスコーニのキャンペーンを張る。今度はモンタネッリと同じフィレンツェ県生まれのフィオレンティーノ（フィレンツェっ子）で映画プロデューサーのヴィットリオ・チェッキ・ゴーリらの出資で"La Voce《ラ ヴォーチェ》"紙を創刊、編集長となる。フェイクの合成写真による政治風刺を第一面に持ってくるなどセンセーショナルな紙面作りで話題を撒くが、この新聞も一年で廃刊となり、モンタネッリは再び「コッリエーレ・デッラ・セーラ」紙で健筆をふるう。

　二度の大戦を生きてきただけに清濁併せ呑むのは勿論だが、はかりしれない己が矛盾と複雑さを知によってコントロールしている人物だ。モンタネッリには保守の態度を貫いた評論家で劇作家の福田恒存と共通する点が多い。ただ、福田恒存は連合赤軍が立てこもった一九七二年二月の長野県の浅間山荘事件では、十三日続いた事件の中継を見つめるテレビの視聴者を観客呼ばわりしたことを自らおかしがる余裕を見せた後、過激派の闘争がいつまでも収束しないことに疲れたのか、もう自分はわからないから評論はしない、と宣言する。しかし、モンタネッリは疲れ知らずだ。そのタフさはマルキストのプロレタリア作家から転向し、戦後は右翼として「大東亜戦争肯定論」を著す林房雄に通じるかもしれない。だが、モンタネッリは林房雄のように豪放磊落というわけではなく、資質的には幼い頃から極度な腺病質で、死の恐怖によくさいなまれた。

　モンタネッリはパゾリーニを特に嫌ってもいないが、愛してもいない。接点がまるでないのだ。共にイタリア人だ、というだけ。モンタネッリの言わんとすることは次の通り。

　自分は事件の真実がどうかについて言うことはできないが、パゾリーニは彼の小説「生命ある若者」に出てくるような少年に殺された。犯人はちゃんと捕まった。それなのに――「左翼の知識人はこれがファシストの仕業だと見ている。パゾリーニはファシストの敵であり、ファシストは文化を憎む。だからパゾリーニはファシストに殺されたというわけである」と、不思議がる。

　一九七五年十一月一日夜のパゾリーニの死は、ペロージという未成年者の単独犯行だと司法は結論した。それに対してラウラ・ベッティさんが運営するパゾリーニ財団は「パゾリーニ／裁判と迫害と死の年代記」（一九七七年 Garzanti 社）を刊行して事件に強い疑惑をぶつけた。その活動をはじめとしてパゾリーニの死をファシストの陰謀とする知識人たちをモンタネッリは冷ややかに見ている。ファシストにやられたと考えることでパゾリーニを英雄視するのはどうか。それも年ごとにエスカレートしていくのは、あきれるばかり。パゾリーニの言説がファシストに脅威を与えたというが、彼は政治に関してはまったくの素人だった――というのがモンタネッリの辛口意見である。

アルベルト・モラヴィアが初代代表をつとめ、女優のラウラ・ベッティさんがその後を引き継いで二十一世紀はじめまで実質的な運営をしていたパゾリーニ財団は、パリ、ニューヨークをはじめとして世界のさまざまな都市でパゾリーニ展を開催してきた。これはパゾリーニの文学や思想についての講演、映画の上映、戯曲の上演、詩の朗読、写真展等から構成される大がかりなものだ。日本ではもっぱら映画の上映とそれにからんだシンポジウムや講演を伴うパゾリーニ展が、一九九九年四月～五月に東京、川崎、名古屋等で開催された。イタリアからベッティさんに来てほしかったが、ベッティさんは日本側の対応に怒りと不満を抱くに至り、開催のための最低限の協力にとどまったのである。怒りの原因は、ワイセツ罪をまぬがれるため日本では『ソドムの市』などは修整プリントでの上映になるということを了解してもらうためのやりとりにあった。

イタリアではあちこちの都市でパゾリーニ展が何度も開かれているが、一九九三年秋にミラノで中規模のパゾリーニ展が開催された時、モンタネッリはこのイヴェントを後援したミラノ市長を大層バカにした。当時の市長はレーガ・ノルド（北部同盟。ローマ中心主義に異を唱えてイタリアからの分離を主張）から出ていた。ミラノはレーガのなかでも中心を占めるレーガ・ロンバルダの拠点である。郷土主義（外国人の移民に対して排他的）を標榜するレーガならロンバルディアを代表する作家カルロ・エミリオ・ガッダをこそ後援すべきで、ヴェネト文学のパゾリーニを後援するのはおかしいと、モンタネッリは皮肉ったのである。レーガ集団の教養のなさをあげつらうのが目的だったか、それともなんだかんだとパゾリーニに関することに文句をつけたかったのか。もし、後者なら死後も続くパゾリーニの人気に嫉妬しているのか、それともよほどパゾリーニのことが気になるのか、気になるとしたら、それはモンタネッリの知性をしても理解しきれない力がパゾリーニにあるからではないか。モンタネッリが、パゾリーニは政治について意見を言うが素人だと見なすのは、一九六〇年代はじめから、パゾリーニが時代のオピニオン・リーダーとして、若者たちの支持を得たからだと思う。だが、一九六八年から始まる左右の過激派の入り組んだ爆弾闘争などイタリア固有の反体制の時代にあっては学生たちとパゾリーニは乖離していくのだった。

とまれモンタネッリの思考スタイルがもともと肌にあう私は、パゾリーニを畏敬しながらも死後ますます彼を英雄視し、神格化しすぎるという指摘になるほどと思わせられた。実際パゾリーニゆかりの人たちは誰もが大天狗、小天狗となって正義の怨霊パゾリーニにつきしたがっているように見えるからである。ラウラ・ベッティさんはお巫女様かもしれない。

今世紀に入ると、徐々にパゾリーニは神格化された怨霊から人間に戻り始めたようだ。使徒はいらない。もし、使徒になりたい人がいたら、各自でなればいい。

ところでモンタネッリが用いた論法——パゾリーニの死は彼が文学や映画で描いてきた通りのものだから、その死は自然だとか運命的だとかいうのは、誰もが陥りやすい誤謬である。モンタネッリはパゾリーニ心酔者たちが常識を忘れすぎることを指摘しながら、知性のモンタネッリにあるまじき虚構（小説、映画）と事実（パゾリーニ殺害）の混合を自分に許してしまっている。パゾリーニの最期は自らの死を演出した三島由紀夫とは違うのだ。

パゾリーニの死の直後からこうした虚構と事実の奇妙な混合に対してアルベルト・モラヴィアは「パゾリーニ／裁判と迫害と死の年代記」の序文で次のように述べる。


パゾリーニの死に際して、彼はそんな風に死ぬべきだったとか、彼の死は彼の生と調和をとったのだとか、たぶん彼はこんな風な死に方を望んでいただろうし、さがしていただろうと言われた。それは生と類似した死という考え方が人々にあるからだ。つまり英雄には英雄らしい死を、科学者には科学者らしい死を、探検家には探検家の死をというわけだ。ひとまずこの考え方にも真実の深みがあると認めよう。人はその生を生きた果てに死ぬのだという風に——。では一体、ひとりの男が、彼はホモセクシュアルで、作家でコミュニストで、映画監督で、政治ジャーナリストで、詩人で、演劇人で、そしてまださまざまなものであったかもしれない男が、どうやって死ねば彼にふさわしい死と言えるのだろうか。

モラヴィアには愛がある。あふれる感情がある。哀惜きわまりない、そして彼の言葉は優れて知的でシンプルなレトリックが力を持つ。

パゾリーニの映画処女作『アッカトーネ』が世に出た時、「ネオレアリスモの復活だ」というもてはやされ方をした。

ロベルト・ロッセリーニの『無防備都市』に代表されるイタリア・ネオレアリスモ映画は、一九五〇年代に入ると、テーマのシリアスさが減じてヴィットリオ・デ・シーカの『ミラノの奇蹟』のような「バラ色のネオレアリスモ」が主流となる。社会の貧困と混乱がおさまり、イタリアは復興へ、そして繁栄へと向かい始める。

一九六〇年代は豊かな物質時代の幕開けだ。象徴的なフェリーニの『甘い生活』。フェリーニの分身とも言える芸能ジャーナリストのマルチェッロ(マルチェッロ・マストロヤンニ)がローマのセレブたちのあいだを泳ぐように取材し、退廃と贅沢に共振しながらも、美と純粋さを求める姿が印象的だ。ブルジョワたちが夜を楽しむヴェネト通り。その対極にある新開地のスラムを舞台とする『アッカトーネ』。登場するのは素人俳優。テヴェレ川や空き地や路上での撮影。どこから見ても由緒正しきネオレアリスモ——。フリウリ時代の若きパゾリーニが自転車をこいでカサルサからウーディネの町の映画館までロッセリーニやデ・シーカの映画を見に行ったこと、一時はローマに出てチェントロ・スペリメンターレ・デル・チネマに入学して映画を本格的に勉強しようと思ったことなどが、『アッカ

ローマ近郊のオルビエートの店先

トーネ』＝「ネオレアリスモの復活」になりそうだが、早まってはいけない。

あまりに有名なパゾリーニのネオレアリスモ批判。本当のネオレアリスモ（真正ネオレアリスモと呼ぼうか）にならなかったネオレアリスモの不徹底をパゾリーニは厳しく批判する。バラ色のネオレアリスモになる以前からそれは不徹底だった、というのがパゾリーニの指摘である。

パゾリーニが目指すのは「レアルタを通してレアルタに到達する」こと。

レアルタとは、「事実、現実、真実」を意味し、パゾリーニにとってはその三位一体こそが大事なのだ。たとえばローマの不良が持つレアルタをその不良に演じさせ、それをカメラで捉え、スクリーンに表現することによってレアルタに達するというのが、パゾリーニの考え方だ。本物の不良が演じれば本物の不良らしく見えるということではなく、彼の内面から本人も知らない彼のレアルタが表出されるところに意味があるのだ。

ネオレアリスモ時代のヴィットリオ・デ・シーカは、素人俳優の使い方がうまかった。若い頃とびきりの美男俳優でもあったデ・シーカは、俳優としての経験からプロには演技をつけ、素人には相手によってさまざまな策を弄した。戦後間もないローマの貧しい労働者階級の男が、仕事に必要な自転車を盗まれる『自転車泥棒』（一九四八年）。男は失業中だったが、職業安定所でやっと手に入れたポスター貼りの仕事のため自転車を質から受けだす。それも妻が嫁入り時に持参した高級クロスを代わりに質に入れてである。彼が大きなポスターを張ろうとした瞬間、そばにいた男がいきなり自転車にまたがって走り去ったのだ。追いかけるが、仲間なのか、別の男に行く手を邪魔され、見失う。翌日、彼はまだあどけない息子、ブルーノを連れて盗品が出回るマーケットを探したり、どろぼうに似た男の後をつけたりするが、警察も踏み込めない地区で男たちに取り巻かれ自転車を取り戻すのは不可能だと知る。力なく家路に向かう途中、競技場の外にたくさんの自転車が止めてある。その一台を盗むがすぐ人々に取り押さえられ、警察に連れて行かれるところ、ブルーノが泣きながら父にすがる。

その子供の涙を引き出すためにデ・シーカは何をしたか？　ブルーノの気持ちを演じるエンツォ少年に説明したか？

しない。エンツォはまったくの素人だ。

ではエンツォを泣かせるような悲しい話をしたか？

しない。素人でも大人には本人が悲しむようなことを思い出させたり、話をでっち上げたりはするが、この時はもっと手の込んだ作戦に出た。

ひと芝居うったのだ。デ・シーカはたばこの吸い殻をエンツォのポケットにこっそりいれておいた。

そして、何気なく、それに気づいたふりをして「君はたばこを吸うのか、見損なったよ」という風に言って、エンツォを驚かせ、そして情けない気持ちにさせて涙を引き出したのである。これは映画研究家なら誰もよく知っている有名なエピソードである。

また、デ・シーカを例に引くが、少年二人の友情とその破綻を描いた『靴みがき』(一九四六年)には具体的な靴磨きの少年たちのモデルがいた。ところが彼らの顔がひどく不細工で主人公のモデルとなった少年は、破壊された顔だった。とても主役にできない。そう判断したデ・シーカは同じような境遇の子供たちから見目よく愛くるしい少年を選んでその役をやらせた。容姿のことを言えば、『自転車泥棒』の父親を演じたランベルト・マッジョラーニは失業経験のある労働者だったが、彼のしゃきっとした立ち姿や顔立ちのよさは歴然としている。

他のネオレアリスモの監督たちについてもプロ、アマの俳優の選び方を見てみよう。

ロッセリーニは『無防備都市』では俯瞰する冒頭シーンからローマの街のレアルタを生かし、歴史的建造物や名所旧跡を避け、庶民が生活する道や広場をうまく取り込んだ。スタジオを使おうにもチネチッタ撮影所は戦争で家を焼け出された人々の避難所と化していた。モロシーニ神父役にアルド・ファブリツィ、護送車で連行される婚約者を追ってゲシュタポに撃たれるピナにアンナ・マニャーニというイタリア人なら誰でも知っている芸達者で人気者の役者を使った。ピナ役は最初からマニャーニに決まっていたわけではなく、戦前からスクリーンで脚光を浴びていた美人女優、クララ・カラマイに出演交渉をしていたという。カラマイはルキノ・ヴィスコンティの『郵便配達は二度ベルを鳴らす』（一九四三年）でさすらいの男を惑わす人妻を演じて強烈な印象を残した。ところが彼女は役が気に入らなかった。映画の途中で死んでしまうヒロインだったから。マニャーニは映画より寄席の舞台で人気を博していた女優で、結果的に彼女のバイタリティあふれる庶民性が映画を引っ張っていったのである。

『郵便配達は二度ベルを鳴らす』にはネオレアリスモの先駆けとしての特色が顕著だが、同時に後年のヴィスコンティの貴族趣味回帰（彼自身が貴族の出だ）を思わせるダヌンツィオ風の趣きも見られる。シチリアの漁師一家の生活を描いた『揺れる大地』（一九四八年）はネオレアリスモの誉れ高く、素人たちを使った点で生活感がよく出ている。この主人公ントーニは、アドニスを思わせる美青年。一家の人々はみな美しい。ヴィスコンティの美意識の反映である。そうして選び抜いた素人役者に彼らの生活から生まれる実感を言葉として表現させる。最初はドキュメンタリーの予定だったが、シチリアに行ってからジョヴァンニ・ヴェルガの小説「マラヴォリア家の人々」をもとに劇映画として作っていく。パゾリーニの考えるレアルタとは自ずと異なる。

だからと言って戦後間もない時期に作られたネオレアリスモ映画がレアルタを追及していなかったわけではない。また、作り手の美意識を禁欲的に抑え込んで、どこにでもいるような子供や大人を使うといった公約数的なレアルタに従ったとしても、そのことによって今存在する作品と同程度の傑作が生まれたかどうか、疑わしい。

パゾリーニの指摘するネオレアリスモ映画のレアルタ追及度の不徹底は、とりもなおさずネオレアリスモのネオレアリスモたるゆえん。不徹底の部分に美や情緒や人情が入り込む。それでいい、とデ・シーカもヴィスコンティも思うだろう。ロッセリーニだけは少し違う。彼はレアルタをパゾリーニとは別の次元で追及していった監督である。そのロッセリーニも含めて、どの監督もネオレアリスモに執着はない。フランスのジャン・リュック・ゴダールやフランソワ・トリュフォーらが中心となった一九六〇年代のヌーヴェル・ヴァーグが方法論運動だったようにはネオレアリスモは運動ではなかった。実際、個々の監督はネオレアリスモにこだわることなく、それぞれの道を行き始める。

いつまでも「ネオレアリスモは永遠なり」を唱えたのは、デ・シーカとよく一緒に仕事をした、作家で脚本家で映画理論家のチェーザレ・ザヴァッティーニである。映画界の大御所として君臨するのが好きなザヴァッティーニは、ヴェネツィア映画祭を牛耳るが、一九六八年の夏のヴェネツィア映画祭は五月のカンヌ映画祭同様、大荒れとなり、パゾリーニらによって会場占拠という事態を迎える。映画作家のための映画祭を！　というのがパゾリーニらの主張である。

ローマのスラム街にパゾリーニは第三世界を発見する。

下層プロレタリアートはフリウリの農村地帯では見かけなかった人々だ。職もなく、あるいは職につかず、昼間からぶらぶらしている若者たち。道徳も規律も無視したあからさまな彼らの生にパゾリーニは魅せられていく。小説「生命ある若者」につぐ映画『アッカトーネ』の衝撃。

『アッカトーネ』が描き出した貧しさは、都市のアナーキーな階層化を鮮烈に印象づけた。フランコ・チッティの風貌のレアルタ。ネオレアリスモが選ぶ人物の顔が一般的な美の概念によくかなって

『アポロンの地獄』のフランコ・チッティ
（写真協力：公益財団法人川喜多記念映画文化財団）

いたのと異なり、フランコ・チッティは美の基準からふてぶてしく逸脱する。目がチンピラのそれである。鼻はややひしゃげて品がない。口も退廃的だ。不細工というほど悪くない。髪はちょっとウェーヴがかかって額にたれている。醜というわけではないが、他者に与える印象が心地よさからは遠い。女のヒモをしている彼のなりわいも好もしいものではない。ネオレアリスモの主人公たちは、パルチザンの闘士か、善良な失業者であった。客観的に見てアッカトーネに好もしい点は見当たらない。

かといってアンチ・ヒーローのかっこよさがあるわけでもない。彼はひたすらずるくてけちな根性の男である。それでも、いや、それだからこそアッカトーネは革新的な魅力を放つのだ。レアルタを通してレアルタに到達するからだ。

アッカトーネの魅力とは何か。

フランコ・チッティはあるインタヴューに答えて、「パゾリーニはオレに似てるのさ」と言う。顔の雰囲気が似通うことは確かだ。特にパゾリーニの少し形のよくない鼻はフランコの鼻に似ている。アッカトーネがフランコなら、それはつまりパゾリーニだということか。

3　セルジォとフランコのチッティ兄弟

ローマの新開地の仲間たちのなかで、パゾリーニが最初に知り合ったのは、セルジォ・チッティだ。最初は川べりで、ついで映画館の前で――。二度目に出会った二人は自己紹介して、おしゃべりを始める。そしてパゾリーニはセルジォに初めての小説の手伝いをしてもらうのだ。

「生命ある若者」がいかに当時のイタリア社会で新しい風を吹き起こしたかは、想像を超える。少年たちの無軌道、生と死の交差する彼らの日々は、たとえばジャン・コクトーの「恐るべき子供たち」やコクトーの親友レイモン・ラディゲの「肉体の悪魔」など、早熟なフランスの天才たちを祖とするそのイタリア版と考えてもよさそうだが、対象となる少年や青年の階級がパゾリーニの小説はあまりに違う。コクトーもラディゲも主な登場人物は自分と同じブルジョア、ないしプチ・ブル階級を設定していた。ところがパゾリーニの登場人物たちは労働者階級のさらに下になる都市貧困層、マルクスの定義に従えば、階級闘争の意志を持たないルンペン・プロレタリアートである。さらに少年たちは手癖が悪く、平気で盗んだり、ちょろまかしたり、悪態つくのなどは日常茶飯事である。文学的な香りとは無縁の輩だ。

二十歳で逝った夭折の天才、レイモン・ラディゲの「肉体の悪魔」は、彼が十八歳の時に書かれた。そして二十歳の時、一九二三年に出版される。原題は“Le Diable au corps”、英語訳では“Devil in the Flesh”となる。日本語訳は若者を誘惑する悪魔的な強い力を持つ肉体の持ち主を表しているようで誤訳に近いが、訳者が代わっても、また映画化されるたびに邦題はいつもこれが使われている。

誤訳かもしれないが、味わいのある翻訳だと思う。「の」の使い方にはいろいろあるので、「肉体＝悪魔」と捉えると、イタリア文化会館で勉強中のダンテ「神曲」とカタリズモ（カタリ派）につながってきて興味深い。キリスト教についてはその時々の関心や必要から部分的な知識を得ているに過ぎない私は、ロンゴ先生がメールで送ってくる参考文献の情報からマリア・ソレジーナという女性学者の文章で「カタリ」という言葉が出てきて、初めてキリスト教の異端にそういう一派がいた、ということを知ったばかりである。

カタリ派のことは岩波のキリスト教辞典にも載っていてネットのウィキペディアからも多少の知識を得られるが、本格的な研究書が日本語に翻訳されて出ている。フランスのミシェル・ロクベール著（武藤剛史訳）の「異端カタリ派の歴史　十一世紀から十四世紀にいたる信仰、十字軍、審問」（講談社選書メチエ）である。カタリ派は善と悪の二元論の思想に特徴があるため、マニ教から発生したと、敵対する当時の人々（カトリックの信者）は信じたが、それはマチガイだとロクベールは言う。そしてベルガモのカタリ派の学者ヨハネス・デ・ルギオが一二五〇年頃に書いた「二原理の書」を要約した神学概論が一九三九年にドミニコ会の碩学により第二のカタリ派「典礼書」とともに発見され、さらに「マニ教反駁書」（十三世紀初頭に書かれたらしい）写本の各章ごとに挿入された作者不詳のカタリ派教義要録も発見された。カタリ派自体は十一世紀にはじまり、十四世紀に滅ぼされるので、敵方の資料として不完全な形でその教義が伝わるにすぎないのだが、そうした資料からロクベールはマニ教とは違う西洋の論理がカタリ派の思想に貫かれていると結論する。

カタリ派と原初のマニ教のあいだには、たしかにかなりの共通点があり、それゆえ両者は系統的につながっているとした中世の論争家たちの言葉を歴史家たちが鵜呑みにしてきたのも無理はなかったとも言えよう。（中略）カタリ派の思考様式はギリシア・ローマの伝統をひく西洋特有の推論的思考であり、アリストテレスに始まり聖トマスにいたる系譜に属する。マニ教の文書は――マニ自身が書いた『詩編』からトルファンで写本が見つかった『讃歌』にいたるまで――すべて神話的要素からなり、官能的なまでに感性あふれる詩的魔術の世界である。一方、カタリ派の文書は厳密な定義、聖書の方法論的解釈、緻密な推論法にのっとって書かれており、それを支えているのは新約および旧約聖書の文学知識にもとづく厳密な知的訓練である。

（「異端カタリ派の歴史　十一世紀から十四世紀にいたる信仰、十字軍、審問」ミシェル・ロクベール著　武藤剛史訳）

カタリ派の面白いところは、魂は善で、肉体は悪と考えることだ。イエスを神とも認めない。それゆえパンはキリストの肉でワインは血という儀式も無関係である。カタリ派の勢力は南フランスと北イタリアにも及んだ。ロクベールの歴史書に大いに教えられるところのあったというマリア・ソレジーナは、「神曲」の言葉のなかにカタリ派的血脈を探る。ダンテはカタリ派だったのだろうか？　と、考えると、「神曲」の「煉獄篇」を映画『アッカトーネ』の冒頭に置いたパゾリーニのなかにもカタリ派の流れが？　と、ふと思う。そうすると遺作となった『ソドムの市』（一九七五年）のおぞましく強烈な肉の描写の意味が鮮明になってくる。あの悪はファシズムであり、ナチズムであると同時にカタリ派の教義が唱える肉体＝悪のまぎれもない映像化と言える。

小説の話に戻ろう。フランスのラディゲの書いた「肉体の悪魔」だ。

第一次大戦中の一九一七年、主人公は十五歳の少年「僕」だ。「僕」は婚約者のいるマルトと恋に落ちる。マルトは結婚し、夫が前線で戦っている時に、「僕」とマルトは毎晩のように愛しあう。やがてマルトが妊娠し、戦争も終わり、夫が帰ってくる。ラディゲは、これが出版され、一躍時代の寵児になるが、病に倒れ、病床で「ドルジェル伯の舞踏会」を執筆、小説は死後発表された。四歳年上の親友のコクトーは、ショックでこの後一〇年ほど麻薬浸りとなる。そして四〇歳の時に「恐るべき子供たち」を執筆、刊行する。
ラディゲは若き三島が嫉妬するほど目標にした天才である。「肉体の悪魔」は三島の少年時代の愛読書であり、「ドルジェル伯の舞踏会」は長い間、三島のバイブルであったという。

早くから詩人でもあったラディゲやコクトーとちがって、三島は詩を書いたが、詩人とはならずに小説家になった。パゾリーニは早くから詩人であった。小説を書き始めてからも詩集を発表し続けている。

パゾリーニのよき理解者であったアルベルト・モラヴィアは二十二歳の時に「無関心な人々」を自費出版する。ファシズム時代の一九二九年だ。主人公は自分と同じブルジョア階級の青年である。その後の「潰えた野心」も第二次大戦後に発表した「孤独な青年」もやはり主人公はブルジョア階級の人間だ。例外として貧しい娼婦が主人公の「ローマの女」や庶民階級の話を集めた短編集「ローマの物語」、ソフィア・ローレン主演で映画化された「二人の女」もある。

二〇世紀前半の文学に於ける青春の反抗がもっぱらブルジョアやプチ・ブル階級のものとして表現されたわけではなく、チェーザレ・パヴェーゼの代表作「美しい夏」では、働く若い女性が主人公だ。

それでも「生命ある若者」の少年たちはすこぶる特異である。ラディゲが「肉体の悪魔」はフィクションだと断っても、自伝的な面を憶測したくなる。三島由紀夫の「仮面の告白」には三島の少年期、青年期のいくつかの事実が入れ込まれていることは作者自身も否定しない。パゾリーニの場合も、ひょっとしたらそうした自伝的要素の濃い小説で戦後を生き始めていたかもしれない。いや、実際、自伝的な青春小説を彼も書いていたのである。死後七年経って一九八二年に出版された「愛しいひと」がそうだ。日本語でも翻訳が出た小説で、実際の執筆は一九四八年ごろ、まだパゾリーニがカサルサにいた時期だ。甘美なまでの少年に寄せる年長の若者（パゾリーニの分身）の愛が吐露された二編からなる小説である。

「仮面の告白」でいえば、主人公が近江に寄せる思いのイタリア、カサルサ・バージョン。旧制中学二年の冬、二、三回落第していると噂される大人びた同級生近江のことが気になる「私」は、雪の朝、誰もいない校庭で、近江と二人だけになる。雪の上にローマ字で「ＯＭＩ」と、自分の名を書く近江。

私は雪にゑがかれた巨大な彼の名ＯＭＩを見た刹那、彼の孤独の隅々までを、おそらくは半ば無意識に了解した。（中略）

「今日はもう雪合戦は無理だね」とたうとう私が言つた。「もつと降ると思つたのに」

「うん」

彼は白けた顔つきになつた。その頑丈な頬の線はまた固くなり、私への一種痛ましい蔑みが甦つた。彼の目は私を子供だと思はうとする努力で、又しても憎體に輝きだした。（中略）

「可哀さうに、革の手袋のはめ心地を知らねえんだらう。――そうら」

彼は雪に濡れた皮手袋をいきなり私のほてつてゐる頬に押しあてた。私は身をよけた。頬になまなましい肉感がもえ上り、烙印のやうに残つた。私は自分が非常に澄んだ目をして彼を見つめてゐると感じた。

——この時から、私は近江に恋した。

「私」は夏を待ちこがれ、彼の裸体を、さらには級友たちのあいだで噂になっている彼の「大きなもの」を見たいという欲求を抱くのだった。

雪はコクトーの「恐るべき子供たち」にも登場する。

雪が降った日に少年たちが雪合戦をする。その時、ポールに雪玉があたり、ダルジュロスが現れる。「仮面の告白」の近江だ。しかし、ポールの愛はダルジュロスに向かわずに、彼とよく似た少女アガートに向かう。アガートもまたポールに思いを寄せる。ところがポールの姉エリザベートが二人の仲を取り持つふりをして、それを破壊する。絶望したポールは、ダルジュロスにもらった毒薬を飲み、少年少女の物語は悲劇で終わる。ダルジュロスがポールにとってホモセクシュアルの愛の対象に擬せられているとは、よく指摘されることである。

パゾリーニは母方の故郷フリウリにいた頃、三人の少年に次々恋をしていたらしいことが死後発見された小説「愛しいひと」（アマード・ミオ）からうかがえる。二つの小説で構成されるこの本の最初の一篇は「不純行為」と題される。その冒頭——

I

一九四六年五月三十日

胸のはり裂けるような一週間の周年祭がきた。一年前のこの数日間、おのれの罪を思うといまも想像のなかで無意識に再現してしまうあの仕草を——自分めがけて兇器をかざすこの手の仕草を——ぼくはあやうくしおおせてしまうところだった。壁に顔を向けたままベッドに伏せる自分がいまも目に浮かぶ……。ときおり意識を回復しながら、自失の状態、そこではおのれの実存からひき剝がされた自分を感じていた、ある種の麻痺からぼくは脱けでた。開けた門扉を前に往来で、ニシューーティがそのことをぼくに話した。あの瞬間はぼくの人生のなかでもっともつらいものだった。いきなり遠くはなれてしまったニシューーティをぼくは目にした。一陣の風がぼくのかたわらから彼をひっさらって、途方もなく遠くに、どことも知れない土地に置きざりにしたかのように。

「愛しいひと」(ピエル・パオロ・パゾリーニ著　花野秀男訳　青土社)

ニシューーティは、カサルサに住むようになった「ぼく」が三番目に恋した少年で、一番愛を注いだ対象だ。ニシューーティは「ぼく」が仮寓している家で教えている塾の生徒でもあった。母が教える子供たちより少し年長の少年たちが「ぼく」の生徒で、ニシューーティの前には「ぼく」はその家の子、ジャンニを可愛がっていた。

この小説は「仮面」をつけたものだと、パゾリーニは小説の元にした彼の“Quaderni rossi”《クアデルニ ロッシ》（赤いノート）のなかで述べている。「ぼく」は少年たちを見つめ、頭をなで、頬に口づけし、その体を抱きしめ、口にも口づけし、「君は美しい」とささやき、「二人だけになりたい」と言い、野中の隠れ場所に誘い込むことを何度も繰り返す。そして拒まれると、執拗にくいさがって、相手の考えを正そうとしたり、わざとつれなくしたり、さんざんの手管を弄するが、最も愛したニシューティが病気になると、途端に神の存在を感じ、もう決して少年を誘惑しないと誓い、ニシューティが助かるなら自分の命を差し出してもいいとさえ誓う。そして大したことなくニシューティが回復すると、「ぼく」は神との誓約をたちまち忘れるのだ。

この小説がもし、ローマで最初に発表されていたら、果たしてパゾリーニの文学生命はどうだったろう。

パゾリーニが書いた小説だと思うから読む気にもなるが、どこかの新人のものだと言われたら、私は途中で読むのをやめていただろう。かつて「やおい」と呼ばれた男性同性愛をテーマにした女性向けの小説や漫画が流行した。「やおい」の意味は「ヤマもオチもイミもない」であるとし、ただひたすら美しかったりロマンティックだったりする男同士の恋愛を描いた感傷過多の読み物を指した。作者たち自身で自負と自嘲をからめて使うこともあれば、単にジャンルを示す語として使われることもあった。そして「やおい」論もさかんに発表された。

現在は「やおい」にかわって「BL」（ボーイズ・ラブ）の呼称が定着したようである。パゾリーニの「愛する人」は、この分野で論じられるのに最適と言えよう。時代の半世紀以上先を行っていたと言えるのかもしれない。だが、果たして文学足りえたか。あるいは、日本の中世、院政時代に夥しく認められた同性愛の欲望についての公家の日記の異国での継承者とみなすべきか。「しのぶ恋」を尊んだ「葉隠」もまた侍同士の同性愛についての書である。

ローマで貧窮しながら文学で身を立てることを願ったパゾリーニは「愛しいひと」は発表しなかった。発表したのは少年愛を詩に昇華させた新装「カサルサ詩集」であり、ローマの不良たちをなまなましく登場させた小説「生命ある若者」だ。この小説は「愛しいひと」と文体も登場人物も風景も情緒の度合いもたいそう異なる。

「愛しいひと」を構成するもう一遍の小説で「愛しいひと」の題を持つ一篇は、「不純行為」が一人称で語られるのと違い、主人公はデジィデーリオという青年である。「デジィデーリオ」とは「欲望」の意味である。主人公は「不純行為」の「ぼく」といくつかの点で異なっている。まず、デジィデーリオには「弟グイード」はいない。滞在中の家で子供たちのための塾を開いているという設定もない。そして彼が時々帰る都会はボローニャではなく、フィレンツェだ。共通するのはカサルサが舞台であること。そして美しい少年への執拗な愛と欲望がつづられていることである。

どちらが文学的に優れているか。虚構として完結性があるのは二篇目だが、パゾリーニ研究として興味深いのは最初の「不純行為」だ。それでもパゾリーニが小説家として時代の寵児になるにはどちらも弱い。「愛しいひと」の刊行、そして翻訳は貴重だが、この生前未発表小説は、「生命ある若者」がデビュー作となった意味の重要さを再認識させるのである。

「生命ある若者」が成功したのは、セルジォと知り合い、彼の協力が得られたからではないかと思う。もちろん書いたのはパゾリーニだから、セルジォと出会わなければ、別の若者、マルコだったり、トニーノだったりするローマっ子と知り合い、ローマ言葉と若者が使う俗語についての知識をふんだんに仕入れたことだろう。しかし、マルコでも他の誰でもなく、出会ったのがセルジォだったことはパゾリーニの幸せだった。セルジォは言葉の領域で助けただけではなく、パゾリーニを敬愛し、自身の能力範囲をどんどん拡げ、そして永遠に良き使徒であり続けようとした友人だ。パゾリーニの死後もイエスの弟子たちが師の教えを広めたようにセルジォは亡きパゾリーニに忠実だった。マスコミがパゾリーニの死の〈真相〉を興味本位でとりあげ、殺しの犯人として八年間服役し、出所して事件の〈真相〉を綴った二冊の本（こともあろうに最初の本では自分を「黒い天使」になぞらえて）を出版し、またテレビに出演して犯人は他にいる、三人のシチリアなまりを話す男たちだ、と言ってのけるペロージに対し、その詭弁に真っ向から猛烈な批判を加えたセルジォ。

「違う、違う、違う！」

セルジォとパゾリーニの出会いに戻ろう。

最初に会ったのはテヴェレ川だった。大きい川だが、海ではないからその岸べは砂浜のようではなく、川原がそのまま斜めに土手へとのぼっていく。川で泳いだり、日光浴したり、裸の体を風に吹かれてくつろいでいる若者たち。セルジォもそのなかのひとりだったのだろう。パゾリーニはフリウリ時代によく裸の少年たちが水浴びする光景を見に行ったことが小説「愛しいひと」に描かれている。ローマでもそれと似た習慣を持っていたのかもしれない。パゾリーニは泳ぎが得意だったから実際そこで泳ぐこともあっただろう。彼の映画に出た素人俳優たちのひとりがビリヤードをしながらインタヴューに答え、パゾリーニは泳ぎもうまかったと言っている。

パゾリーニは『アッカトーネ』を作る時にさまざまな苦労を経験するが、そばにはいつもセルジォがいた。パゾリーニがフェリーニに夢中で、フェリーニが自分の監督デビューを応援してくれないか、シナリオを気に入り、そして初めて僕がフィルムを回して撮った短いサンプルの二つのシーンを認めてくれないだろうかと、やきもきしている時には、パゾリーニにはセルジォが見えないのか、見えないようにセルジォが気をつかっているのか、いつもそばにいる割にはまるで存在すらしていないかのようだ。

フェリーニを父のように慕っていたパゾリーニ。

パゾリーニがフェリーニの『カビリアの夜』にスラム地区の俗語のセリフで協力した後、フェリーニは『甘い生活』をつくる。これはイタリア中を興奮の渦に巻き込んだ。誰もがローマのヴェネト通りに映画と同じ享楽の夜が繰り広げられているのを期待して見に出かけるほどだった。実はまだそこには、映画のような上流階級の伊達男や伊達女が芸能人たちに混じってカクテルや噂話やエキゾチックなショーを楽しみながらパパラッチの写真攻勢をいかにかわすかをスリリングに体験する光景は始まっていなかったというのに。

主人公マルチェッロを演じるのは、甘い二枚目、マルチェッロ・マストロヤンニ。彼は芸能ネタや有名人のスキャンダルを中心に最先端のローマの風俗・文化を追うジャーナリストだ。ほっそりしたマルチェッロは姿も顔もどこか憂いをおびているのがヨーロッパ風で、アメリカの男優たちと違ったやわらかさが魅力だ。若者のようでもあり、成熟した大人の男のようにも見える。

映画の冒頭、ローマの空をヘリコプターに吊り下げられたキリスト像が行く。前代未聞、いや未見のシーン。そのヘリコプターにマルチェッロも乗り、キリスト像と一緒にローマの街を眺め、屋上で日光浴をしている美女たちとジェスチャーを交えて会話をする。「聞こえないわ」と言う彼女たちにダイヤルを回す仕草で電話番号を教えてくれ、といかにもプレイボーイらしい。

キリスト像が吊るされて運ばれる光景に当時の観客はもちろん、映画批評家たちも度肝を抜かれる。日本ではオープニングの大胆さがキリスト教批判であるかのように受け取られたが、フェリーニの映画では教会風俗が批判され、神父たちが揶揄されることはあってもキリスト教そのものへの批判はない。キリスト教は空気のようなもの。それを生まれた時から呼吸して、それとともに育ったものでないとわからない感覚だ。特にローマはその空気が濃い。

ネオレアリスモの代表作『無防備都市』でもロベルト・ロッセリーニ監督は、ローマの空を見せる。最初は夜明け前、ゲシュタポに踏み込まれる寸前、アパートの窓から逃げ出したパルチザンの男が屋根に出る、その時の薄暗いローマの空。そして映画の終わりにもローマの空が浮かび出る。パルチザンに協力した神父（実在した神父がモデルだ）が逮捕され、ローマの丘の上で処刑される。それを見届ける少年たち（彼らも独自の抵抗運動を続けていた）。神父の死を悲しみながら抵抗の志を継ぐ少年たちが丘を降りる時、サン・ピエトロ寺院を包むローマの空が見える。重い空だ。

ロッセリーニはいつまでもネオレアリスモの映画を撮り続けたわけではなく、人間の孤立や不安をカメラで捉えていく。時代を先取りしたのだ。が、そのことは批評家や観客たちにあまり歓迎されなかった。そのため不本意ながらネオレアリスモ回帰の『ロベレ将軍』（一九五九年）をヴィットリオ・デ・シーカ（彼は監督でもあるが、もともと二枚目俳優だった）主演でつくり、ヴェネツィア国際映画祭でグランプリ（マリオ・モニチェッリ監督の『戦争』〈一九五九年〉と同位）を受賞するが、自身の『無防備都市』の持つ真実の迫力には遠く及ばず、また第一次大戦で徴兵逃れを試みたり、任務をさぼることに熱心な凸凹コンビを主人公に喜劇的要素を交えながら戦争を徹底的に風刺する一方で祖国愛を貫いた傑作『戦争』の新しさにもかなわないのだった。

ネオレアリスモの呪縛に苦しむロッセリーニだったが、一方のフェリーニは旅芸人のザンパノと、彼に芸を仕込まれながら旅を続ける純真な魂を持ったジェルソミーナを描いた『道』（一九五四年）で高く評価された。貧しい者たちへ向ける眼差しにロッセリーニの弟子にふさわしくネオレアリスモの継承が認められたのである。ジェルソミーナを演じたジュリエッタ・マシーナ（フェリーニの妻だ）が再びヒロインとなる『カビリアの夜』（一九五七年）は、自前で商売をする元気な娼婦が予期せぬ災難に何度も見舞われる話だ。カビリアを自宅に連れ帰るスター俳優とのくだりは、ナイトクラブの華美な場面が『甘い生活』を一部予兆したとも言えるだろう。それでもヒロイン像の純真さはジェルソミーナを引き継いでおり、聖なる貧しさを映画が称賛していると見ることができた。

ところが『甘い生活』では聖なる貧しさも、聖なる純真さも映画の核にはなっていない。ここにあるのは紛うことなきデカダンス。それも腐りかけたデカダンスなんかではなく、言葉の矛盾を恐れずに言えば、はつらつとしたデカダンスだ。左翼硬派の映画史家で批評家のグイド・アリスタルコは「貴族階級の没落を批判した、革命のような素晴らしい傑作！」と絶賛した。マルチェッロは職業柄上流社会に出入りできるので、社交界の恋多き令嬢マッダレーナに同伴して貴族の古城で幻想的な一夜を過ごすこともあれば、富豪の家で主人が留守のあいだに富豪と離婚したばかりの女とその遊び仲間たちと一緒に乱痴気騒ぎを繰り広げたりもする。『道』のようなネオレアリスモはどうした？　と非難する批評家はあまりいない。ロッセリーニが個人的な感想を聞かれて「感心しない」と言ったそうだが……。

パゾリーニは『甘い生活』を絶賛した。映画批評誌「フィルムクリティカ」（一九六〇年二月号）に彼の記事が載る。

……フェリーニの『甘い生活』は、あまりに重要すぎる。というのも単に映画として語られてしまう可能性もあるからだ。チャップリンやエイゼンシュテインや溝口のように偉大ではないのだけれど、フェリーニは疑いもなき〈作家〉なのであって〈監督〉ではない。何故なら彼の映画はただひたすら彼独自のものだから。そこには俳優たちもスタッフたちも存在しない。偶然なものはひとつもない。……カメラのフレームとその動きは、対象の周りにある種の仕切りをつくるので、その対象をとりまく世界との関係のなかで、対象に非合理的な魔法のような複雑さが創造されていく。撮影カメラはいつだって不意のエピソードに攻撃されて動いている。そしてその動きは、決して単純ではない。文学について言われるように並列的なのだ。しかし、しばしばカメラの動きが複雑に入り組んでいるような文脈において、まるでドキュメンタリーのように単純極まるひとつのショットが狂暴に挿入されることもある。口語の引用のように。たとえばディーヴァ（スター女優）がチャンピーノ空港に降り立った時の光景である。

フェリーニは映画監督というよりは文学の作家のようだ、とパゾリーニは言うが、カメラのフレームが魔法のようであり、複雑でいて、時として意表を突く単純さを投げ込む手法こそ映画ではないだろうか。

チャップリンやエイゼンシュテインとフェリーニは違う、というのはその通りだが、同じ監督であっていいのではないか。溝口健二も含め、外国の監督たちの名前が並ぶのは、ボローニャ大学時代からチネクラブに通い、カサルサにいた戦後間もない頃も自転車で町の映画館に通った映画青年らしいところだ。溝口健二は一九五一年の黒澤明の『羅生門』のグランプリに続いて一九五二年のヴェネツィア国際映画祭で田中絹代主演の『西鶴一代女』が監督賞を受賞したから、ローマに出て来てからおそらくパゾリーニは溝口を知ったのだろう。チャップリンたちは偉大な監督で、フェリーニはそうではなくて、作家だ、とパゾリーニが言う時、未来の彼は映画を撮っても、監督ではなく、詩人のまだ、と自らについて言うのだろうか？　そうではないだろう。パゾリーニ財団が彼の死後出版した分厚い展覧会カタログのような本には「映像のポエジーア」と題してパゾリーニの映画作品についてまとめられているが、本人が生きていたら、詩の時は詩人、小説の時は小説家、映画を撮った時は映画監督と呼ばれることを望んだのではないかと思う。自分で映画をつくるまではわざわざ〈作家〉とか〈詩人〉と別の呼ばれ方をせずとも映画監督は十分作家でもあり詩人でもあるのだということをパゾリーニはまだ知らなかったのだろうか。

パゾリーニはボローニャの学生時代に映画監督になりたいと思っていた。ローマのチェントロ・スペリメンターレ・デル・チネマを受験することも真剣に考えたほどだ。

その映画への片想いが『アッカトーネ』で実現しようとしている。

しかし、フェリーニは逃げ腰だ。試験的に撮った二つのシーンも含め、全体にもっと修正が必要だというフェリーニの言葉にパゾリーニは落胆し、絶望を深める。僕の映画を作る気なんか、ないんだ。

十月二十一日の朝、パゾリーニは起きて、仕事にとりかかる。『アッカトーネ』のことで苦しむのをごまかすように他の原稿に集中しようとする。が、うまくいかない。胃がぐつぐつ煮えくり返る。頭がガンガンして脳みそが頭蓋骨を割ってしまいそうだ。

あの日のチャイニーズ・レストランのことを思い出す。

フェリーニはフカひれスープやら大豆のサラダやら筍と豚肉の炒め物や何かをせっせと注文する。そして二人はまるで救助されたばかりの遭難者のようにひたすら料理に没頭する。気まずい。そして辛い。

「大変なんだよ、わかるだろ。激怒している五十人もの人間に返答しなくてはならない」とフェリーニは言う。

映画は企画や準備の段階から大勢の人間を巻き込むから一つのプロジェクトが取りやめになる時は、関係者に説明し、納得してもらわなくてはならない。その話をフェリーニはする。同情を買おうという魂胆かもしれない。あれこれ言い訳するフェリーニだが、彼に怒るなんてできなかった。

理想に燃える青春は終わった。そんな感慨を持つパゾリーニはアレクサンドル・デュマの小説「三銃士」の青年たちが続編の「二十年後」で再会して、友情は変わらないが、もう若かりし彼らではないことを自覚する時の様子を思い浮かべる。どこかに裏切りがある。それは青春時代への裏切りだろうか。もう二十年が経ってしまった。

「三銃士」のダルタニャンと仲間たちに寄せるこの感慨は、数か月間のフェリーニとパゾリーニの間の変化のアナロジーなのだろうか。たとえ『カビリアの夜』までさかのぼったとしても三年ほどだ。それでもパゾリーニには二十年の落差に感じられたのだろう。食事の後、フェリーニはパゾリーニを自分の車に乗せてローマ郊外のオスティア海岸に向かう。フェリーニの運転は独特だ。おばあさんの運転のようにひどくのろのろ走ったかと思うと、急にスピードを出す。まるでスタイルがないスタイルなのだ。あれこれ続く言い訳にパゾリーニはうんざりする。そしてきっぱりと断念。『アッカトーネ』はフェリーニに頼らずつくることにする。でも、どうやって？

ちょうどそこに、マウロ・ボロニーニ監督が、新作のことでパゾリーニの意見を求めてきた。ボロニーニの映画『狂った夜』（一九五九年）、『汚れなき抱擁』（一九六〇年）、『狂った情事』（一九六〇年）のシナリオをパゾリーニは書いていた。

ボロニーニはパゾリーニが抱えている写真の束を目にして、事情を聞くと、慰めてくれるのだった。そしてボロニーニが前にパゾリーニの監督デビューのために口をきいた会社にもう一度行くように勧めてくれる。

ボロニーニに背中を押されて、パゾリーニは最初に企画を持っていったもとのプロデューサーたちのところに戻る。まるで放蕩息子の帰還のように。彼らは快く相談にのってくれた。ちょうどローマを留守にしている者もいたが、とにかく製作者集団のような核ができ、出資を期待できそうなところをあげていき、製作の枠組みがだんだんできあがる。どうにか動き出しそうだ。女優たちとの出演交渉がプロデューサーたちによって進められる。

フェリーニと話をしていた時に主人公を演じる筈だったフランコ・インテルレンギは、フェリーニが降りたので、彼も自動的に降板した。かわりに主人公のアッカトーネを演じることになったのは、セルジォの弟、フランコ・チッティだ。彼こそ生まれながらのアッカトーネ、正真正銘アッカトーネ。と、自分の目に自信をもつパゾリーニだが、降板を気持ちよく理解してくれるインテルレンギに心を動かされる。

フランコ・インテルレンギはデ・シーカ監督の『靴みがき』（一九四六年）で年上の少年を演じ、フェリーニが生まれ故郷のリミニ時代の自分や仲間たちを描いた『青春群像』（一九五三年）で若きフェリーニの分身モラルドを演じた俳優である。美少年から美青年へと成長したインテルレンギだから、彼の美貌にパゾリーニが心を動かさなかった筈はない。カサルサ時代にパゾリーニが愛した少年たちが今、美しい青年となって目の前にいる！　インテルレンギが主人公を演じていたら『アッカトーネ』は全然別の映画になっただろうし、監督パゾリーニは、すぐ消えてしまったかもしれない。カサルサ時代の甘酸っぱい少年愛小説がデビュー作にならず、ローマのガラの悪い少年たちが登場してパゾリーニの小説が成功したことがここでも思い出される。

フェリーニの映画は自伝的だったり、自分がモデルだったりするのだが、水も滴る美男のマルチェッロ・マストロヤンニがフェリーニだとは到底信じられないのである。特に若い頃のマルチェッロはあまりに美しい。パゾリーニの主人公は階層的、教養的に正反対ゆえに、アッカトーネがパゾリーニだと発見するまでは曲がりくねった行程をとるが、いつかはそこに行きつくのである。

インテルレンギに未練をおぼえながら、結局彼の復帰はないまま映画の準備が進む。さあ、もっと本腰を入れて突き進もう。

パゾリーニはセルジォに会いに行く。

4　セルジォの夢

企画の再準備が始まり、よく働くプロデューサーのトニーノ・チェルヴィが新しい配給会社に電報を送り、その返事をパゾリーニに知らせてくれる手はずがついた日、チェルヴィに約束の夕方六時に電話するまで、パゾリーニは母と静かにパスタの昼食をした後、車で街に出る。何か不安があるとこの時期のパゾリーニはよく車で家を離れる。その前に母と二人で寡黙な食事をとったことも書き残されているのが興味深い。彼はあまり母と話をしない。グイードの死、それに続くカサルサでのパゾリーニの未成年者に対する罪（有罪にはならなかったが）が問題になって以来、この母子の関係は変わってしまったのかもしれない。ピエル・パオロの顔に刻まれた深いしわと憂愁について、スザンナはテレビのインタヴューで語ったこともある。

三島由紀夫は小説を書くと、必ず母に見せたという。和服のことで母の意見を求めることもあった。三島が自刃した後、母親は彼の思想が知りたい、と陽明学を学び始めた。「知行合一」をモットーとする行動哲学の陽明学に三島は傾倒し、さまざまな場面で陽明学について語っている。

パゾリーニは『奇跡の丘』（一九六四年）で母に年をとった聖母マリアを演じさせている。そしてイエスが磔になるシーンでは、母に「グイードの死を思い出して」と声をかけ、悲痛な表情を引き出している。この時期、二人の絆は一層強くなっていったのかもしれない。だが、『アッカトーネ』が正式にクランクインするまでの不安定な頃、パゾリーニは母に多くを語らない。

車がトルピニャッタラに着く。新しい建物群がかえってうつろな印象を与える。「生命ある若者」にも出てくる場所だ。セルジォと二度目に会った映画館もこの付近にある。典型的な低所得者層の住むエリア。パゾリーニは車を降りると、セルジォを探す。彼の住所は知っているが、そこには父親が住んでいて、彼はどこかその辺の友だちのところに住んでいる。このあたりにいないだろうか。別のセルジォがいる。最近は知り合い仲間にセルジォという名前が多い。少し歩き回る。

いた。彼がいた。

セルジォは新しい白のジャンパーを着ている。ペンキ屋の恰好だ。ちょっと太ったように見える。日に焼けた顔が少年の頃からの少し渦を巻いた前髪の下に現れた。今、彼は二十七歳だったが、ひとつの詩のような顔だ。ローマにいる長いつきあいの一家の者のような唯一の知り合い。そして唯一の本当の友だちだ。君が病気になったり、危機に陥ったり、死にそうな時に頼りになる、そういう友だ。

セルジォと並んで白い陽の下を歩く。そして僕らの問題について話し合う。『アッカトーネ』の撮影は春まで待った方がいいとセルジォは言う。今の時期は、天候がよくないから、と。実際、彼の言う通りだ。もし、今夜の電話ですべてがうまくいってすぐ撮影に入れれば、大丈夫かもしれない。いや、夏じゃないとだめだ。映画の冒頭でアッカトーネはたらふく食べてすぐ泳いで死んだ男の死因について異を唱え、食べた直後に泳いだせいではなく、疲労で死んだことを証明するためにテヴェレ川に飛び込む。それは映画のラストで彼が盗んだバイクで死ぬことのシンメトリーとなっている。川に飛び込むシーンは夏でないと……。それに今の自分は最悪の状況を経験したばかりだから、春になればよい季節がまた巡ってくるだろう。

そんな話を二人でした後、セルジォは例によって彼がみた夢の話を始める。

セルジォの夢——。

映画館のなかにいた。両手の上だったか、床の上だったか、金のネックレスがあった。その金のネックレスの一部が椅子の上か、観客の足のあいだかでもつれていた。セルジォは狂喜してそれを引っ張った。ぐいぐい引っ張った。するとついに椅子の下だか、観客たちの足の下から一キロもありそうな細い包みが出てきた。大男がセルジォの様子を見ていたが、盗んだわけじゃない、見つけたんだ、と思い、セルジォは映画館を出る。早くこれを金に換えよう。すると手には一万リラ札のいっぱい入ったバッグがある。しかし、歩いている内に手に持った箱のなかの札束が陽に当たった雪のように溶けて箱も薄くなっていく。どこか日陰に隠そうと走る。そして素敵な屋敷にたどり着く。階段を上り、窓から庭を眺める。二本の高い樹がある。骸骨のような裸木だ。すると突然、その一本の樹の大きな枝が折れて地面に落ちてくだけた。見るとそれは枝ではなくて一人のキリスト教徒だった……。

セルジォが夢の話をしているあいだパゾリーニは笑う。そしてセルジォに説明する。

「君の見た夢はこの数か月間に僕たちに起きたことなのさ。黄金の首飾りはやっと苦労して引っ張り出

オスティア海岸の草地に建つパゾリーニの碑

しても、端にまでいきつかない。終わりがない苦しみであり、また喜びでもあるんだ。僕たちのシナリオづくりがそうだ。夏いっぱいかかった、素晴らしくもあり、腹立たしくさえあった作業だ。君をじっと見ていた男というのは、プロデューサーさ。威嚇的な感じだっただろう。札束がうすくなるのは、それはセルジォの浪費癖を象徴しているね。君が走ってたどり着くのは僕の家だ。実際、僕の家はこれから新しい仕事の秘密の場所になる。そばには一八〇〇年代の庭があり、高木がいっぱい立っている。枝が折れて地面に倒れると、それは人間なんだろ。とっても簡単さ。それは僕なんだ」

映画の終わりでアッカトーネはオートバイ事故であっけなく死んでしまう。

最初から予感された死である。たらふく食べて泳いで死んだ男の噂話の前にアッカトーネたちは「死人みたいだ」と花束を持った男に言われる。橋から飛び降りるアッカトーネを見つめる少年は「金の鎖をはずしてよ」と、彼が死んだら水に沈む金を惜しがる。少年に答えるアッカトーネも「ファラオのように金を身につけて」死ぬことを本望だと思っている。おびただしい死のサインや影が映画の至るところに散らばっている。

アッカトーネは夢を見る。ナポリの男たちが死んでいる。彼らはアッカトーネがヒモをしている娼婦マッダレーナの前のヒモだったチッチョの知り合いだ。ローマに出てきた彼らはマッダレーナのせいでチッチョが刑務所に入れられたから彼女に仕返しをした。暴力的な彼らが裸で死んで、顔や体が砂で汚れている。と、そばを葬列が通る。アッカトーネの葬式だと言われる。墓を掘っている男がいる。アッカトーネの墓だ。日陰はいやだ、陽の当たるところにしてくれと、アッカトーネは墓掘りに言う。

アッカトーネは自分の死を夢に見て、それからほどなくして実際に死ぬ。

パゾリーニがフロイト風の夢判断をするのは、自分で見た夢ではなく、セルジォが見た夢だ。その関係が興味深い。セルジォ・チッティは、パゾリーニのまるで影武者のように生きていたのだろうか。

第五章—ノン・コンフォルミズモ（非順応主義）

1　コンフォルミズモとファシズム

一九七五年十一月二日早朝、ローマ郊外のオスティア海岸で彼が死体となって発見された時、悲報を受けたイタリアの作家アルベルト・モラヴィアをして「二十世紀後半の最も重要なイタリアの詩人をうしなった」と言わしめたピエル・パオロ・パゾリーニ。死後四年経った一九七九年にはパゾリーニの思想と芸術を研究、顕彰するパゾリーニ財団が作られた。そして一九八四年のパリを皮切りにニューヨーク、ロンドン、ベルリン、モスクワ、ブエノスアイレス、香港等、世界の都市のどこかで毎年のようにパゾリーニ展が開催されている。特にイタリアではローマやミラノ、ボローニャなどで様々な角度からパゾリーニの業績を反復し、称揚する企画が後を絶たない。

二〇一四年にはローマのパラッツォ・デッレ・エスポジツィオーネ（展覧館）でパゾリーニの複合的文化活動を顕彰する展覧会が開かれた。

二十世紀のパゾリーニ展はパゾリーニの映画作品の上映や演劇の上演と共にそれらについての講演会やシンポジウム、あるいは時代のオピニオン・リーダーとしての彼の活発な言論活動、建築や美術に対する造詣の深さなど、作品を中心にした企画が多かったが、二十一世紀になると、より積極的で創造的なパゾリーニ展が増えている。たとえば二〇一四年ローマの展覧会。年代記風に分けられた最初の展示室では一九五〇年にパゾリーニが母と二人でカサルサからローマに出てきた時のテルミニ駅の十四番線ホームがヴィデオ画面に現れる。また、パゾリーニと母がはじめにローマで住んだ貧しい新開地の当時の様子も次の展示室のヴィデオが映し出す。パゾリーニが愛した画家たちも紹介される。勿論パゾリーニ自身の多岐にわたる作品の展示もある。

パゾリーニの生地、ボローニャも負けてはいない。何度もパゾリーニ展を開催しており、二〇一五年にはパゾリーニの映画撮影風景を中心にした写真展を開き、『奇跡の丘』（一九六四年）撮影時のパゾリーニと母や、キリスト役のスペイン人のエンリケ・イラソキとパゾリーニのツーショットなどが展示された。ボローニャはパゾリーニが高校と大学に通った縁の深い都市だ。

ローマのテルミニ駅

ミラノとパゾリーニは特に深い関係はないが、芸術かワイセツかと当時話題を呼んだ『テオレマ』（一九六八年）はミラノが舞台である。ブルジョア一家にある日、ひとりの青年がやってくる。家族は彼をもてなし、それぞれが彼と固有の関係を体験し、自らの不安を顕在化させる。一家の父親が自分の所有財産を放棄し、衣服さえも脱ぐのはミラノ駅だ。二〇一八年四月のミラノ展覧会では、パゾリーニの顔や映画の登場人物を元に現代の美術家たちが新たに描いたイラストや写真のコラージュなど四十六点の作品を、若者たちの芸術活動を応援するロフト風の会場を使って展示した。

フリウリ地方のカサルサやポルデノーネでも彼と〈故郷〉のつながりを強調したさまざまな展示会が開かれている。こうした活動は、今の若い世代にパゾリーニの思想と芸術を伝えようとする都市や土地の文化意志に他ならない。

詩人で、小説家で、劇作家、そして映画作家のパゾリーニは、強靭な精神を持つ優れた思想家でもあった。特にノン・コンフォルミズモ（非順応主義）は、彼の生涯にわたる行動哲学の規範だ。コミュニズム、ファシズムは日本での使用頻度から本書では英語のまま使うが、ノン・フォルミズモはパゾリーニの思想を特徴づけるものなので、イタリア語の発音で表記する。

パゾリーニの思想の中核にアントニオ・グラムシ（一八九一—一九三七）のコミュニズムがあることは有名だ。

サルデーニャのサレスに生まれたグラムシは、マルクスを学びイタリア共産党の創設者のひとりとなるが、ソ連共産党とは異なる「人間の顔をした」社会主義を提唱し、早くからスターリン主義の危険な本質を見抜いていた。グラムシの思想は彼の遺した獄中ノートや手紙類にあらわれているが、ムッソリーニ政権により投獄された彼の実状を妻が子供に隠していることはよくないと、怒るのではなく穏やかに妻に諭すところにその真摯でヒューマンな人柄が浮かび上がる。パゾリーニはグラムシがサルデーニャに生まれ、トリノで父なるイタリア語を修得し、自身の思想を形成していったとみている。サルデーニャ語はイタリアの他の地域の方言と違い、かなり早い時期に、フリウリ語よりも早く分れた

1995年8月26日から12月10日まで〈フリウリのピエル・パオロ・パゾリーニ展〉が開催されたパッサリアーノのヴィッラ・マニンの会場入口

南ロマンス語である。そのことがフリウリ語の詩をつくったパゾリーニには特別印象深いことであったのだろう。イタリア国の共通言語であるイタリア語を通してグラムシはコミュニズムを学び、自らの思想を形成していった。

　手紙やノートからうかがえるグラムシの優しく穏やかな人間性を思うと、パゾリーニの性格はグラムシに似ていない。もし、フリウリにいた頃、スキャンダルや裁判沙汰をひき起こさず、共産党から除名されなかったら、パゾリーニはフランス革命の時のジャコバン派にも劣らない独裁型の指導者になっていったのではないかと思う。除名されてもなお自分は「言葉の真の意味において永遠に共産主義者である」と言明するパゾリーニ。これは言《こと》挙《あ》げだ。もっとも歴史にあって「もしも」が馬鹿げているように、実在した芸術家への「もしも」もまた大層馬鹿げたことである。芸術の強い誘惑に心身を捧げたパゾリーニだからこそ、パゾリーニはパゾリーニになりえたのだ。ただ、グラムシを敬愛するパゾリーニがグラムシに似ていないことには注意したい。学生時代のボローニャの友人たちへの手紙に彼の激高がたまに現れることや、マリア・カラスと結婚まで考えるほどの仲となりラウラ・ベッティを苦しませたことに自己中心の傾向が見られる。愛情関係の裏切りは芸術家であろうと哲学者であろうと非難を免れるのが常だから、『王女メディア』（一九六九年）に主演したカラスとパゾリーニが惹かれあったこと自体はとやかく言うべきではないが、パゾリーニは時々ベッティの献身的な支えを利用する。彼がベッティに宛てた手紙に、ある青年が素晴らしいのでぜひ応援したい、自分の代わりに彼の面倒をみてくれないだろうか、と嬉しげに書くのである。パゾリーニが青年に恋心を抱いていることは明らかだ。

『奇跡の丘』のキリストは弟子たちにも厳しい顔をする。敵に向かう時はなおさらだ。キリストは誰よりも過激なキリスト教主義者である。パゾリーニもまた然り。たぶん、そのことは本人が一番よく知っている筈だ。キリストがパリサイ人を激しく憎んだようにパゾリーニはファシストとコンフォルミスタを憎む。

死の二年前、パゾリーニは全国紙「コッリエーレ・デッラ・セーラ」紙にイタリア社会を激しく糾弾する文を寄せた。

イタリアはますます愚かに恥知らずになっている国である。全くもってがまんできない。左翼のコンフォルミズモほどひどいものはない。たとえそれが右翼のせいでもたらされたにせよだ。イタリアは繁栄のなかを行進している。つまりエゴイズムと愚かさと非文化とくだらない噂話と説教癖とあれこれの強要とコンフォルミズモの繁栄のなかを。このように腐敗への貢献に力を貸すことは、とりもなおさずファシズムなのである。

(corriere della sera 1973.12.9)

コンフォルミズモはファシズムへ通じる。そのことをパゾリーニは強調する。ファシズムを政治思想、あるいは社会思想とのみ理解するのではなく、個々の精神や意識、またそれから出てくる言動にこそパゾリーニは注目するのである。

パゾリーニは自身が作ったドキュメンタリー映画『愛の集会』(一九六四年)のなかで、アルベルト・モラヴィアや精神分析学の大家チェーザレ・ムザッティ(一八九七—一九八九)の意見を聞く。この映画は、パゾリーニがイタリアの南から北までのいろんな都市をまわりながら様々な職業、年齢、階層の男女に愛とセックス、それらにまつわる抑圧と自由についてインタヴューしたものである。人々の答え方にパゾリーニはコンフォルミズモを逸早く嗅ぎ取る。

映画はパゾリーニが子供たちに囲まれているのどかな光景から始まる。

シチリアの子供たちに「赤ん坊はどこから来るの?」と、質問するパゾリーニ。子供たちははにかみながらひとり、またひとりと答え始める。広場や通りで遊んでいる五歳から七、八歳までの男の子たちだ。

「コウノトリが運んでくる」

「かごにはいって赤ん坊がやってくる」

「神様が……」

正しい知識を持っている子供はいないようだ。

愛について質問する。

兵役についている体格のいい若者たちはドン・ファンに憧れながらも自分は普通の女好きのままでいいとか、自分の理想は良き父親になることだと答える。

年配の農婦は畑仕事の手を休めて答える。

「昔の方がセックスに関しては雑だったから今より自由だったかもしれないね」

したたかなのはパゾリーニの出身大学ボローニャ大の男女学生たちだ。彼らはあたかも哲学の口頭試問にのぞむかのように愛と性について理路整然と見解を述べるのである。

また、ローマやミラノの都会の若い女性に彼女たちの恋愛観や結婚観を聞く。あわせて同性愛についてパゾリーニが質問すると、そういう人たちがいることは知っていると、彼女らは答える。さらにパゾリーニが彼女らの恋人や生まれてくる息子が同性愛だったら？　と聞くと、返答に困って口をつぐむか、そんなこと想像だにしないと、言い切る。

労働者にも同じ質問。同性愛者をどう思いますか？

「男としては気持ち悪いな」

一等列車に乗ったイタリア紳士たちは同性愛の質問に困惑を示す。

「彼らの病気は治すべきだ」

「不道徳だ。私は彼らには近づかない。彼らを軽蔑する」

パゾリーニは穏やかな口調でさらに質問する。

「もしお子さんに異なる性の傾向があったら？　仮定としてですが」

相手は顔をカメラに向けないまま答える。

「自分の子供は正常だ。性とは家族を称賛し、人類を繁殖させるものなのだ」

パゾリーニは同性愛者であった。それが原因で彼にとっては第二の故郷でもあった北イタリア、フリウリ地方の母の故郷、カサルサを石もて追われるようにローマに出てきたのだった。自分の性の傾向をパゾリーニはインタヴューのなかで強調するわけではないが、人々は異なる性のあり方に防御的、あるいはその反対の攻撃的な姿勢をとる。同性同士の結婚を認める国や地域が増えている二十一世紀とは比較にならないほど半世紀前の世界では同性愛はタブー視されていたのである。

インタヴューした相手のさまざまなリアクションの結果をモラヴィアとムザッティに示しながらパゾリーニは映画による調査がうまくいかないと二人に告げる。次はそのシーンの抜粋である。

パゾリーニ――（異なる性の傾向について）人々はスキャンダルだと憤慨することしきりでした。
モラヴィア、あなたは憤慨しますか？
モラヴィア――全然。私は憤慨しない。私が憤慨するのは愚かさに対してだ。いや、それも本当ではないな。理解しようと努力することが大切だと常に私は思っている。そうすればいろんなことがらを理解する可能性が出てくるからだ。理解すれば、憤慨することもなくなる。理解が判断の基準となる。もっとも判断というのは概して厳しいものだが、それは憤慨とは違う。

パゾリーニ――でもあなたは人々が憤慨する現象をイメージできたり、思い描いたりできるのですね。

モラヴィア――憤慨する人は、自分と違う何かを見ると、その時自分自身が脅かされていると感じる。ある人が自分と違うだけでなく、自分にとって脅威になる。それが肉体的であれ、この人は違うとイメージする感覚的であれ、脅威なのだ。憤慨の奥にあるのは、自分自身をうしなうことへの怖れであって、これは原初の怖れなのだ。

パゾリーニ――では結論として、憤慨する人は心理的に自信がなく、実際はコンフォルミスタ（順応主義者）だというわけですね。

モラヴィア――そうだ。憤慨するのは自分に自信のない人間だ。

ムザッティ――性に関するさまざまな意見は、人々にとって自己防衛の働きを持っている。というのも性は、本能的衝動に対して心理的な役目も持っているからだ。人々は本能的衝動への怖れからコンフォルミズモという形で自分を守るのだ。

2　愛と性とエロス

パゾリーニがイタリアを旅しながら人々に愛と性についてインタヴューするドキュメンタリー映画『愛の集会』に作家のアルベルト・モラヴィアと精神分析学者チェーザレ・ムザッティを登場させた理由は、二人の年長者が愛と性について書いたり、研究したりする以上に実人生で深く性に関わってきたからではないかと思う。二人とも結婚回数がとにかく多い。ムザッティは四人と結婚して妻たち三人が自殺している。また、モラヴィアは最初の妻が作家のエルサ・モランテ、次がやはり作家のダーチャ・マライーニで、一九八二年に来日した時は名前の通り情熱的なグラマラスな美女、カルメンを伴っていた。

パゾリーニが映画の中でインタヴューした頃のモラヴィアはエルサ・モランテと別れ、三十歳年下のダーチャ・マライーニと暮らし始めていた。モラヴィアの死後マライーニは、妹のトニ・マライーニ、作家のエンツォ・シチリアーノらと共にモラヴィア財団を立ち上げる。モラヴィアが住んでいたローマのルンゴテヴェレの家が記念館として活用されている。一度モラヴィア財団に招かれて、ローマの展覧館の一画で映画について講演した時に、私はこの記念館を訪れたことがある。キリスト生誕ミレニアムでイタリア中が盛り上がっていた年の暮れだった。モラヴィアの著作を中心に彼が集めた美術品や工芸品が在りし日の書斎や応接間の雰囲気を再現するように置かれ、そこには能面もあった。

マライーニ姉妹の父は文化人類学者のフォスコ・マライーニ（一九一二―二〇〇四）である。フォスコ・マライーニは、妻子と共に一九三八年に日本に留学、アイヌ研究、イタリア語教育など活発な文化活動を行うが、一九四三年にイタリアが連合国に休戦宣言をした後、ナチスの傀儡政権サロ共和国に忠誠を拒否したために敵国人として家族と共に名古屋の収容所に収監される。

二〇一五年に来日したダーチャは、収容所から時々抜け出して農家の手伝いをして牛乳や卵をもらった話を寄稿した。その数年前にダーチャが来日した時、イタリア文化会館からの依頼で、ダーチャを観世能楽堂に案内して、一緒に能を鑑賞した。上品で美しい方だ。モラヴィアと別れた後も、モラヴィアがイタリアに、世界に刻印した自由と叡智の尊さを顕彰し続ける。その精神が強くて美しい。

ムザッティの妻たちは自殺したので、その点はモラヴィアと大いに異なるが、共通点は他にもある。ユダヤ系イタリア人であるということだ。ファシズム時代のイタリアでは最初ユダヤ人迫害はあまりなかったが、ヒトラーの圧力でムッソリーニも同調するようになる。公職追放に始まり、強制収容所への移送、ホロコーストに向かっていく。ムッソリーニ政権下のイタリアではファシズム体制にふさわしくない作品は事前検閲で出版できなくなる。モラヴィアはデビュー作の「無関心な人びと」が高い評価を得て、雑誌などにもさかんに書いていたので、彼の新しい小説の出版許可が申請されても検閲を副業にしている学校教師たちはたじろいで、結論を出さない。ムッソリーニのところにくる。問題はない、と出版が認可されるが、後で発売禁止になったり、書評が許されなかったりする。ファシズム政権を風刺した「仮装舞踏会」は、舞台がラテンアメリカの独裁国家になっている。だが、それはカムフラージュで、実はイタリアの話だ。これを大島渚監督が映画化する話があった。大島監督は八十年代によくイタリアの映画祭や文化イヴェントに出席し、ローマのレセプションでモラヴィアに会うと、「いつ始める？」と催促されたそうだ。実のところその話は二人のあいだの約束のようなもので、企画にはなっていなかった。小説が発売禁止や出版禁止になってもモラヴィアはムッソリーニ政権下のローマで暮らしていたが、一九四三年にイタリアが連合国と休戦条約を結び、ナチスドイツがイタリアに侵攻してローマを支配下に置くと、モラヴィア夫妻は名前を隠してラツィオ州の山村に引きこもり、終戦を待つのだった。その頃、パゾリーニは北イタリアのカサルサで青春時代を送っていた。

ムザッティはカトリック信者になりすましていたが、父がユダヤ系だったために大学の職を解かれて、高校で教えるなどの不遇時代を数年送る。しかし、彼はユダヤ教徒の割礼を受けておらず、徹底した無宗教、無神論者であった。その学説はフロイト学派に属するから、フロイトがユダヤ人であることを考えると、ムザッティにもユダヤ的なる傾向はあったのだろう。

フロイトから別れたスイスの心理学者ユングは非ユダヤ人だ。このユングにフェデリコ・フェリーニが傾倒した。本はあまり読まないフェリーニだが、彼はユングには心を寄せている。フェリーニの映画は巨女のオブセッションがあからさまに出てくるが、そうしたオブセッションや狂気じみた思いは芸術活動によって昇華されるというユングの学説がフェリーニをホッとさせ、また魅了したようである。

パゾリーニとモラヴィアがムザッティの専門のフロイト系の精神分析に興味があるのは二人の作品からも明らかだ。ギリシア悲劇を映画化したパゾリーニの『アポロンの地獄』（一九六七年）はまさにフロイトのオイディプス・コンプレックスが核になっている。

モラヴィアの小説は一九六〇年代後半、私が高校時代にひとつ年下の女子にたぶん「無関心な人々」だったか、貸してもらい、翻訳が出るたびにせっせと読んだものだ。今では岩波文庫に収められているが、当時私が読んだのは早川書房版で、「エロティックな本をよく出すところだけれど、ちせこちゃん、これ文学だよ」と彼女が言ったことを覚えている。「倦怠」も彼女から借りたか、今度は私が買って彼女に貸したかしたのだった。その早苗ちゃんとは同じ都立立川高校で、私が文芸部、彼女は演劇部だったが、小学校時代に八王子市の絵の塾で知り合っていた。一陽会の会員の老画家がリンゴや花瓶を子供たちに描かせていたその塾では妹と二人で通っていた早苗ちゃんの方が塾での先輩だったから、ちょっとえばった風があり、すぐ絵に飽きていつも喋っていた。私は黙って描いていたから絵の塾ではおとなしい子供で通っていた。

早苗ちゃんにモラヴィアを貸してもらわなかったら、イタリアに興味を持たなかったかもしれない。高一の時、フェリーニの『$8\frac{1}{2}$』（一九六三年）をアートシアターの日劇文化劇場に見に行き、見たことに感動した私だったからいずれイタリアに惹かれていったことと思うのだが……。

一九六〇年代後半の高校時代は、いろんなことが私に向かってきた。サルトルがいた。中央公論社が世界の思想全集を刊行し始めてその第一回配本がニーチェだったから、さっそく飛びつき、文芸部でニーチェの読書会をして、今こそ実存主義だ！　とわけもわからず息巻いていた。サルトルとカミュとボーヴォワールもいっぺんに読み始め、「第二の性」や詩人のアンガージュマンについても部員同士で話し合った。先輩たちは小説を書いていたが、私の学年は本を読んで意見を言い合うことの方が多かったと思う。太宰治が好きな男子がいて、彼は文学の日本主義者で、外国文学を嫌っていた。時代はまさに反体制。おまけに旧制中学の校風を誇っていたから、反体制とバンカラのミックスした思いっきり自由で奔放な校風のなか、私たちは若いけもののエネルギーいっぱいに生きていた。教師も締め付けなど一切しなかったから授業をさぼってそれぞれの部室に行ったりして、代弁、早弁、何でもありのぶちこみ鍋の青春だった。

高二で退学し京都に流れていった日本主義の男子には、仲のいい体育会系の男子がいたので、三島由紀夫の「仮面の告白」はあんな感じだろうかと思ったりもした。

そう、私が三島由紀夫に夢中になったのは高校時代。それまで、日本の小説はちっとも面白いと思わなかった。小学生時代はオルコット女史の「若草物語」とディケンズの「二都物語」がお気に入りで、中学になるとサガンを愛読し、新潮文庫のフランス文学はスタンダールをはじめ古典も近現代も区別なく読み漁ったものだ。背伸びしてカフカも読み、欧米の短編集は、オー・ヘンリーを皮切りにあれこれ手をつけていった。日本文学は鬱陶しい。高校に入ったころもそう思っていたのだが、何かの拍子で「仮面の告白」。いっぺんで恋してしまった。

当時の三島由紀夫は週刊誌にいろいろ話題を撒いていたから、電車のつり広告で彼の顔はよく目にした。変な人、と思っていたのが、「仮面の告白」。幼い頃から自分と周囲の関係を眺めながら生きる主人公に魅せられてしまった。私自身の幼年期とは全然共通することはないのだけれど、もしかしたら一緒にいたかもしれないアルター・エゴが「仮面の告白」の主人公だ。

三島由紀夫の小説や彼の言論にぐいぐい惹かれながら、青春の惑いというか、軽い虚無感のような精神のけだるさが時々襲ってくるのだった。ところがモラヴィアを読むと、それが癒される。「無関心な人びと」の主人公は欲望と絶望の間を浮遊しながら周囲の人々を冷ややかにながめている。それが私はとても好きだった。ごくたまに生きているのがめんどうくさくなったりするけれど、モラヴィアを読むと、生きていこうという気になる。それは後年、モラヴィアが著わした小説「1934年」の冒頭にはっきり書かれる。

生きるのに絶望しながら、死にたくはない、そんなことが可能だろうか。

（「一九三四年」千種堅訳　ハヤカワ・ノヴェルズ）

大いに可能である。

精神分析のムザッティを知ったのは、イタリア中部の温泉地モンテカティーニで開かれた映画祭に三年ほど通っていた頃だ。日本では未公開の『青髭、青髭』（一九八七年　ファビオ・カルピ監督）を見た。イギリスのシェイクスピア俳優として名高いジョン・ギールグッド主演で、そのモデルがチェーザレ・ムザッティだ。妻たちを死なせた彼を娘が責める、が、父は涼しげな顔をして超然たる態度。という内容で、ムザッティに非常に興味を覚えた。イタリア語の「誰が悪い狼をこわがるか」という著書を買った。性的被害の不安から外出を怖がる女性の心理の根源に母の影響がある、という箇所が印象的だった。

ドキュメンタリー映画『愛の集会』は、子供たちに「赤ん坊はどこから来るの？」と、質問するところから始まるが、だんだん大人たちの保守的な答えの元になるものは何か？　という問題にすすんでいく。

保守の根源こそコンフォルミズモなのである。

3　良識の仮面の下のコンフォルミズモ

コンフォルミズモの日本語訳は「順応主義」となるが、一九六〇年代末から七〇年代初頭にかけて反体制運動が活発化した頃、日本の学生たちのあいだで「日和見」という言葉が流行した。コンフォルミズモもイタリアで反体制運動が活発化した頃によく使われたことが当時の反体制のロック歌手ファブリツィオ・デ・アンドレやジョルジョ・ガベールの歌から推測できる。日本や欧米諸国の反体制運動はほぼ十年で収束するが、イタリアはさらに十年長く続く。それは一九六八年に起きたミラノのフォンターナ広場に面した農業銀行での爆弾テロ、死傷者が出た事件が解決せず、事件で取り調べを受けた左翼活動家が取調室の窓から不審な投身死をとげ、その時の検事が暗殺されるなど左右過激派の運動がエスカレートしたためである。

もっともコンフォルミズモに関して言えば、反体制の季節以前にもこの言葉はきわめて政治的な意味合いで使われていたのである。一九五一年に発表されたアルベルト・モラヴィアの小説「孤独な青年」の原題は“Il conformista《イル コンフォルミスタ》”である。意味は「順応主義者」。この原作をベルナルド・ベルトルッチが映画化し、『暗殺の森』（一九七〇年）の邦題で日本でも公開された。主人公はファシズム時代のブルジョア青年で、彼はファシスト幹部の秘密指令を受けて進歩派の学者に近づき暗殺する。その主人公の在り様がコンフォルミスタなのである。

日本語の「順応主義」や「日和見」からはコンフォルミズモにこめられた強い批判は感じ取りにくい。一九七〇年頃はノンポリ学生や反体制運動に参加しない学生に対して、新左翼系のセクトに属し、ビラを配り、デモや集会に出て、機動隊と対決する活動家の学生たちが「日和見主義者！」と罵倒したものだが、罵倒される側はあっけらかんと「自分は日和見だから」と、言ったりすることもあった。そんな時は、日和見学生から見たセクト活動の学生たちのおごり高ぶった党派性が揶揄されていたのである。

パゾリーニやモラヴィアやムザッティが言うコンフォルミズモは、「日和見」や「順応主義」や「迎合主義」よりもっと否定的な意味合いが強い。日本では「順応」という言葉がめったに否定的な意味でつかわれないため、イタリア語とのあいだにどうしてもズレが生じる。

『愛の集会』を作る以前にパゾリーニはある編集者の発案で週刊誌“Vie nuove”《ヴィエ ヌオヴェ》（新しい道）の読者と紙面上で対話を始めた。一九六〇年六月十八日の投書に対する返答でパゾリーニはイタリアの知識人がいかにコンフォルミスタであるかと指摘する。

読者の手紙の内容は「テレビ番組でフランスの知識人たちが政治的に、また社会的にいかに責任を果たしてきたかを見たが、イタリアの知識人はこの点でどうなのか。あなたの答えがほしい」というものだ。

パゾリーニの返答——イタリアの知識人というのはブルジョア文化から生まれました。彼らは本質的にブルジョア的か、プチブルです。イタリアのブルジョアの伝統は衰弱しています。ヨーロッパの大ブルジョアを真似ようとする活力も減退しています。彼らイタリアの知識人を特徴づけるものはコンフォルミズモなのです。（後略）

（“I dialoghi” 所収）

パゾリーニは別のところでボードレールの詩を生んだフランスのブルジョアの懐の深さを評価し、それと比較してイタリアのブルジョアの卑小さを非難する。両者を大きく隔てるのはコンフォルミズモだと、パゾリーニは考えている。

コンフォルミズモとは具体的にどのような態度、言動、考え方、を言うか。
一九六一年三月に投書したマリアという女性は、彼女の女友だちがヌード美術に反対で、新聞に載っていたモジリアーニの裸婦像の写真を切り除いてしまったことについて書いてきた。マリア自身は芸術とポルノグラフィーの区別をすることがまず基本だと考えている。その女友だちには二人の息子がいて、二十三歳と十九歳だから裸婦像に感化されるわけでもない。彼女はマリアに十二歳の子供がいるような家庭には裸の写真が載った新聞は持ち込まない方がいいと言う。それについてパゾリーニの考えをマリアは求める。

パゾリーニの返答――こうした質問は大変複雑でデリケートなものです。残念ながらイタリアの文化ライフのコンフォルミズモはあらゆることを分別し、整理収納しようとします。たとえばあなたが示したケースについて、モジリアーニの裸婦像の写真を切り裂いた母親の狭量で愚かなコンフォルミズモを指摘するのは簡単です。しかし、実際はそうした狭量で馬鹿げたコンフォルミズモには背景があるのです。つまり一種のアリバイです。実際母親たちと息子たちのあいだの関係は、カトリックの道徳主義が期待したり、指し示したりするものよりもっと複雑なのです。フロイトが教えるように意識の外で母と息子のあいだには「コンプレックス」が生じます。その関係は難しく、陰ったものです。あなたが語るその母親と彼女の息子たちに当てはまるかもしれません。おぼろげにですが――。つまりモジリアーニの裸の絵と彼女自身をその母親は無意識のうちに同一視していたのでしょう。だからこそ息子たちの目からその絵を遠ざけたのです。結局、（性に対する）謹厳さの特殊なケースというのは、だいたいが理由があり、正当化できるものであり、治すことができるものです。とてつもなく恐ろしいのは、「世間道徳」、つまり「普通」というものがあることです。検閲官のトロンビ氏が訴える「普通」というものが……　（同書所収）

女友だちとモジリアーニの絵のことを手紙に書いてきたマリアという女性は、パゾリーニの批判が実はマリアに向けられていることに気づいただろうか。気づかない可能性の方が高いと思う。たとえマリアが聡明であったとしても、自分自身に対する否定的な評価を人は無意識に退けるものだ。パゾリーニが言う「イタリアの文化ライフのコンフォルミズモ」とはマリア自身のことなのだが、それは自分の女友だちに向けられた言葉だと誤解するに違いない。何故ならマリアはモジリアーニの芸術がわかると自負しているのだから。

しかし、パゾリーニは芸術とポルノを差別するマリアにこそやっかいなコンフォルミズモを見ているのである。彼女の女友だちで息子の目からモジリアーニの裸婦像を遠ざける母親にはむしろ同情的な理解をパゾリーニは示すのである。

それは彼が幼児の頃から母に対して強い愛情を抱いていたことと大いに関係があると思う。実際、オイディプス・コンプレックスの元になったギリシアのオイディプス王の悲劇を映画化した『アポロンの地獄』（一九六七年）にファシズム時代のイタリアで生まれた男の赤ん坊が、美しい母に愛されながらも軍人の父から敵意の目で見られるという彼自身の幼児期とダブるプロローグをパゾリーニは設けずにいられない。

だから投書してきたマリアに非難される女友だちの行為にパゾリーニは十分理由を見いだせる。勿論、その女性の行為が世俗的な道徳に従うコンフォルミズモであることはまちがいないのだが、その陰には母と息子の難しい問題があるので、それを無意識的に隠すための方便としてコンフォルミズモがつかわれるのだ。

ところがマリアの方は純粋コンフォルミズモでありながら、当人はそれに気づいていない。本来ならパゾリーニはここでマリアの正体を暴くべきであった。しかし、母と息子の問題の方に彼の関心が傾いてしまった結果、マリアは放免。かわりに別のところで「普通」や「良識」の仮面をかぶったコンフォルミズモの正体をパゾリーニは激烈に暴露していく。

パゾリーニは五十三年の生涯で三十三回訴追された。いずれのケースも有罪とはなっていない。最初の訴追は第二次大戦後の貧困からイタリアが抜けだそうとしていた一九四九年に起こる。大戦末期には母の故郷フリウリ地方で中学生に文学を教え、戦後は中学の国語教師となり地域の文化教育に尽くしていた時に未成年堕落罪（公衆の面前で未成年者を堕落させる罪）で訴えられたのだ。裁判では無罪になるが、教職追放と共産党からの除名。その時、パゾリーニが「しかし自分は言葉の真の意味に於いて永遠にコミュニストである」と言明したことはガリレオの「それでも地球は回っている」を連想させる。

ローマに出て詩人として頭角をあらわし、一九五五年に出版した小説「生命ある若者」が評判をよぶ。パゾリーニの小説は彼がローマのスラム街で暮らし始めて知り合った街の不良たちのスラングをセルジォ・チッティの協力を得て採取し、パゾリーニ自身の言葉に置き換えていったところに特色がある。それはフリウリ地方の言葉を使って詩を書いた頃からのパゾリーニの革新的手法のさらなる発展でもあった。

「生命ある若者」のもうひとつの特色は、それまで小説の主人公としては取り上げられることのなかった街のしがない不良たちのあるがままを生き生きと描いた点だ。田園を舞台にした青春小説はチェーザレ・パヴェーゼに秀作があるが、「生命ある若者」の登場人物たちはパヴェーゼの若者たちとはまるで違う。

不良たちの言葉や行動がわいせつであるとの理由で発売後、ミラノ検察に訴えられ、裁判になる。だが、結果は無罪。この頃から詩人のアッティオ・ベルトルッチやエルサ・モランテ、そしてアルベルト・モラヴィアとの親交が始まり、パゾリーニは文壇の人となる。一九六一年には『アッカトーネ』で映画監督デビュー。華々しい創作活動が進む一方で彼の映画や小説はわいせつであると度々訴えられる。

一般市民のあいだでもパゾリーニの作品をめぐって賛否の意見が巻き起こったことは、週刊誌上での読者との討論からもうかがえる。そうしたなかである読者に向かってはっきりと「あなたはまぎれもなくファシストです」と答え、また別の投稿者に答えるなかで、ある経験について鋭い分析を交えて紹介したりもする。
一九六二年九月にトリノのミケーレとダニエーレが投書してきた。すこぶるシンプルな質問。

パゾリーニさん、どうして多くの若者たちはファシズム思想の危険に惹きつけられるのでしょうか。若者たちのなかにいると、この問いを抱かずにはいられません。その答えが僕たちにはわからないのです。

（"I dialoghi"《イディアーロギ》〈討論〉所収）

イタリア語でたった四行の問いにパゾリーニは一〇八行で答える。日本の新聞雑誌の投書欄や相談コーナーと違い、パゾリーニと読者の討論欄は長短自在なのである。

パゾリーニの返答――あなたがたに私の個人的な体験をお話ししましょう。ご承知のように私の人生は不必要な義務の連続に苦しめられてきました。空疎な問いには空疎に答えるしかありません。ニセモノの文化の世界で生きるということは、友人のエルサ・モランテが明快に言っていますが、非現実性を生きるようなものです。
私の人生の公的な部分でこれをしなければなりません。まるでヌオヴォ・テアトロ・デッラルテ（新芸術劇場）の仮面になったようです。大衆がそう望むような怪物にね。私はこの運命に対してドン・キホーテのように戦いを挑んできました。しかし、もうなすべき手はないかのようです。

多くの、いえ多すぎるほどのジャーナリストたちが私に敵対するこの世界を代表してきました。（中略）そのため私はインタヴューを受けたくないと思うようになりました。数週間前ですが、あるグラビア誌の女性ジャーナリストからインタヴューを受けました。地方出身の、仕事一筋で独り立ちしている女性の典型でした。私はよい印象を持ちました。それでいつまでも冷たい態度をとっていることもできず、だんだんと打ち解け、女友だちとおしゃべりしているような感じで話しました。その日はちょうど『マンマ・ローマ』のダビングが終わり、長い仕事から解放されたばかりのヴァカンスの最初の日でした。私はいい気持ちでした。私は彼女を家まで送っていき、オスティアへ通じる海辺で水浴までしました。そして文学のこと、映画のことなどを心ゆくまで語り合いました。私は大変誠実に彼女に接したと思います。彼女は腕のいい医者や弁護士のように私の話を熱心にきいてくれました。

それから彼女は自分のことを話し始めました。彼女はいろいろな問題を抱えていました。結婚のことや仕事や息子のことなどです。彼女の息子は十四歳か十五歳の思春期の少年でした。幸福と不幸が半々の結婚から生まれたその息子は今、彼女と二人暮らしです。息子はファシストです。なぜ彼はファシストになったのでしょう？　おそらく彼女への反抗からです。　（同書所収）

この後、パゾリーニは前に投書したマリアの女友だちの場合と同じような母と息子、親と子供の永遠の問題について触れる。そして再びこの好感度抜群の女性ジャーナリストに戻っていく。というのも数週間後に出た彼女の雑誌記事に驚いたからだ。何と彼女が書いた記事は、パゾリーニを非難中傷する世間そのものだった。無視はできない。マリアの時と違い、今度ははっきりとこの女性ジャーナリストのコンフォルミズモをパゾリーニは分析し、批判していく。

記事は私に関して書かれるもののなかで最も攻撃的でした。というのもそれは現実の主人や想像上の主人の名において私を嫌う単純な愚か者によって書かれた記事ではなく、教育を受けたレベルの高いジャーナリストによって書かれたからです。私には尊敬すべき人物と思われた女性が、まるで尊敬に値しない人々が今まで私に押し付けてきたヌオヴァ・テアトロ・デッラルテのあの仮面を私に打ち付けて攻撃してきたのです。私が「暴力の経験者」であり、「呪われた詩人」であり、営利の能力を発揮しては、根拠もなしに（詩や小説や映画で）方言や隠語を使っていると非難するのです。まさに田舎の無学な人がする判断です。それをあの日友だちとなった彼女が、公の場で卑しい仲間たちにウィンクでもしてみせるような具合で、惰性ともいうべきやりかたで繰り返すのです。

これぞファシズムの作戦です。ただしそれは奥深いところにあるファシズムで、魂の一番隠された物置にあるものです。

（同書所収）

この後、パゾリーニは前述した「コッリエーレ・デッラ・セーラ」紙上のイタリア批判とほぼ同じ内容の文を続けるのだが、ここで彼が女性ジャーナリストに騙され、裏切られたことについて考えてみたい。その前にこの品性いやしき裏切りの顚末についてのパゾリーニの文章は、マスコミと一般の人々がこぞってパゾリーニを攻撃しているような印象を与えるが、パゾリーニを熱狂的に支持する読者がいるからこそ週刊誌「新しい道」の読者との対話や討論が一九六〇年から一九六五年（一九六三年はパゾリーニがアフリカで映画を作るために連載を休んでいる）まで続くのである。さらに一九六八年からは“Il caos《イル カオス》”というタイトルで週刊の“Tempo《テンポ》”誌に引き継がれ、一九七〇年まで続く。いかにパゾリーニが知識人や学生たちに支持されたかは教えを乞おうとする読者からの手紙でわかる。反体制運動の学生たちとパゾリーニが反発しあったことはよく知られているが、そうでない学生たちも大勢いたのである。カンヌやヴェネツィアの国際映画祭でよく会うジェノヴァの映画批評家がいたが、彼が学生の頃の投書を見つけたので、その話をすると、「パゾリニアーノ（パゾリーニ信奉者）だったから」と、嬉しそうな返事をした。

パゾリーニが母とローマに出てきた一九五〇年は、イタリアが戦後の貧困から抜け出した頃であり、それまで世界を感動の渦にまきこんだネオレアリスモ映画のテーマも悲惨や絶望を伴うパルチザン活動から、また深刻な失業、戦争孤児の問題からバラ色の人生に向かうエネルギッシュなテーマへと変化し始めていた。みんなが貧しかった時代からみんなの内の多くが安定した生活へと向かっていった。

しかし、貧しいまま取り残された人々もいる。新開地と呼ばれるローマ郊外のスラム街。それはいろんな場所に点在し、今もいくつか残っている。それを『アッカトーネ』のなかでパゾリーニは端的に

ヴェネツィア国際映画祭会場付近

描き出した。女のヒモをして楽に生きていた主人公のアッカトーネだったが、その女が収監されたためにどんどん窮していく。そんな彼が所在無げに歩く背景には石ころが散らばる開発された道路わきや空き地が映し出され、その遠景に新しいアパート群が並び立つ。それらはアッカトーネが今、住んでいる小さな家や、彼の妻と子供が身を寄せている妻の実家の小屋に較べれば、はるかにまともな住居である。

だが、そこは低所得者用につくられた新たなスラムになっていくのだ。アンナ・マニャーニ主演の『マンマ・ローマ』（一九六二年）では、その団地に越してきた娼婦上りのマンマ・ローマがやっと手元に置けるようになった一人息子と幸福な生活をスタートさせる場所。だが、彼女の夢は無残に裏切られ、アパートの窓から泣き叫ぶマンマ・ローマの声で映画は終わる。

ローマに出てきたパゾリーニ母子は、アッカトーネの住居のようなバラックに住む。それからだんだん人並みの住まいにかわっていくのだが、ボローニャに住み、フリウリ地方のカサルサでは母の実家の由緒正しい家系を誇り、共同体の尊敬を集めて暮らしていた頃と正反対のみじめさをどれほど味わったことだろう。その彼のまわりには生きる活力にあふれた不良たちがいた。職もなくブラブラしながら、時には盗みをする若者たち。彼らの赤裸々な言葉をセルジォ・チッティの協力を得ながら文字で表現した小説、また実際の不良たちが主人公となった映画。そうした活動をするパゾリーニに対して「公序良俗」という名の主人に仕える人々は、猛烈な不快感を示し、その風潮に従う人々もまたパゾリーニを怪物のように嫌ったのである。イタリアに於ける公序良俗は教会勢力と強く結ばれている。そして国家もまたカトリックと教会との絆が深い。バチカンはイタリアとは別の国であるが、ローマのなかにある。

パゾリーニはローマのスラム街の下層プロレタリアートの発見から一段とマルキシズムに傾倒し、アントニオ・グラムシの思想に惹きつけられる。被差別者たちへの大いなるシンパシィだ。一九六七年にスイスのテレビ局がつくったドキュメンタリー“La confessione di un poeta”（ある詩人の告白）のなかでパゾリーニは語る。

『アッカトーネ』にはマザッチョ（十五世紀の画家）の影響があります。この映画は色のないマザッチョです。つまり（テーマ）は暴力です。『アッカトーネ』はラシズム（人種差別）を描いたものなのです。

映画という芸術はシンボル化がわかりやすく行われる。五感をちょっとだけ働かせればいいのだ。仲間からアッカトーネ（物乞い）と呼ばれる主人公はまず、テヴェレ川にかかるサンタンジェロ橋の上に立つ。天使（アンジェロ）の橋だ。十字架も映し出される。彼が幼い息子の首からネックレスを盗むときにはバッハの宗教曲が流れる。まるで受難のキリストではないか。そこにはキリスト教批判どころか、むしろキリスト教の救済のイメージが濃厚だ。ところが世俗的な理解にとどまる人々は、パゾリーニの芸術を反キリスト教的で、不道徳だと決めつけるのである。これとちょうど反転した形で、パゾリーニの『奇跡の丘』をカトリックに寄り添った反動的・反革命的な映画だと決めつける左翼学生たちのことを考えると、「公序良俗」を主人に持つ一般大衆と「革命思想」を主人に持つ学生たちはひとしくコンフォルミスタであると言えよう。

パゾリーニはテレビ局のインタヴューに続けて答える。

イタリア人は今までフランス人やイギリス人と違ってラシズムの傾向はなかったのですが、それは(人種差別主義者になる)きっかけがなかったからです。本当は人種差別主義者になる危険があることを『アッカトーネ』で描きました。

パゾリーニが描く低所得者層の若者たちは、それ以前のネオレアリスモ映画の主人公像（＝善良な弱き市民）とは異質だった。そのことも多くの人には不快だったに違いない。特に左翼教条主義者には受け入れがたい若者像（チンピラの下層プロレタリアートとは！）をパゾリーニは愛と情熱をこめて作品の主人公としたのである。若者たちのなまのレアルタ（現実）に表現者としてパゾリーニが魅了されたからだが、若者たちの方では一緒に川で泳ぐパゾリーニは自分たちに似ているから（描いたのだ）とドキュメンタリーのなかで発言している。彼らチンピラたちがパゾリーニのレアルタを看破していたとも言える。

パゾリーニを誌面で批判した女性ジャーナリストの話に再び戻ろう。パゾリーニは彼女の記事に驚き呆れ、さらに続ける。

聖職には身を置かない市井の人間で、かつ自由であるということは、何の意味もなさないのです。もし（その人が）人の気を引く（実際は）冷酷な法律によって見かけは機能しているように見える世界に自分も参加しようという誘惑に打ち勝つことのできる道徳的力を欠いているならば——。気ちがいじみて馬鹿げた形態のファシズムに立ち向かうのには（私たちは）強くある必要はないのです。（私たちが）最強の力で立ち向かわなければならないのは、正常で法典化されたファシズムに対してです。社会的に選ばれ、上品ぶった法典になっているそれは、ひとつの社会のエゴイストぶりを残虐に奥底に秘めているのです。

（"I dialoghi" 所収）

パゾリーニを世間の側に立って批判した女性ジャーナリストは、世間が打ち立てた偏見（自分たちがよしと定めたさまざまな基準）に従っていると、パゾリーニは見る。インタヴューした日の彼女は、聡明でパゾリーニの考えをよく理解し、自分がいかにリベラルな人間であるかを彼に示したのだった。実際ファシスト風の考えを持つ息子を諭すのに、彼女は親の権威をふりかざして息子を変えようとはせず、彼の自覚を待つ努力をしている。だから彼女は自分をリベラルな人間だと思っているはずだ。だが、たとえリベラルだとしても世間の尺度に抵抗せず従うならいつでもその人間はファシストになってしまう。そのことをパゾリーニは言うのである。世間の尺度に従う点では、自分の女友だちとモジリアーニの裸婦像について投書してきたマリアも同じである。何故なら芸術とポルノという世間の尺度を彼女は何の疑問もなく取り入れているからだ。

パゾリーニは女性ジャーナリストの息子について考える。

結局は、彼女の息子は母よりファシストである度合いが少ないのです。あるいは彼のファシズムのなかには高貴な部分があると、少なくとも言えるのではないでしょうか。そのことを彼自身ははっきりと意識できないにしても。それは反抗であり、怒りであるのかもしれないのです。思春期の彼の正直さで彼は自分が生きている世界が結局ひどく残忍なものだと理解しているはずです。だから彼は憤慨の力でもってファシズムの考えに飛びついたのでしょう。反対に彼の母親が体現しているファシズムは、道徳的な敗北であり、ネオキャピタリズムが新しい力を形成しつつ

あるところのよって立つさまざまな思想の調合に従犯しているものなのです。（同書所収）

ここでパゾリーニが「道徳的な敗北」で使う「道徳」は、世俗的な道徳主義のそれではなく、真の意味での道徳である。

パゾリーニがコンフォルミズモを政治家たちの言動にのみ見るのではなく、大衆のなかに見る意味の鋭さは、二〇一八年の今日のイタリアをも突き刺すのである。

主要参考文献

・L' ACCADEMIUTA FRUILANA E LE SUE RIVISTE　ピエル・パオロ・パゾリーニ著　ニコ・ナルディーニ監修　Neri Pozza Editore　一九九四年
・La nuova gioventú　ピエル・パオロ・パゾリーニ著　Einaudi　一九七五年
・VITA DI PASOLINI　エンツォ・シチリアーノ著　GIUNTI　一九九五年
・LETTERE　ピエル・パオロ・パゾリーニ著　Einaudi　一九八六年
・ACCATONE MAMMA ROMA OSTIA　ピエル・パオロ・パゾリーニ著　Garzanti　一九九三年
・I dialoghi　ピエル・パオロ・パゾリーニ著　Editori Riuniti　一九九二年
・「生命ある若者」ピエル・パオロ・パゾリーニ著　米川良夫訳　冬樹社　一九六六年
・「愛しいひと」ピエル・パオロ・パゾリーニ著　花野秀男訳　青土社　一九九七年
・「魂の詩人　パゾリーニ」ニコ・ナルディーニ著　川本英明訳　鳥影社　二〇一二年
・「パゾリーニ詩集」ピエル・パオロ・パゾリーニ著　四方田犬彦訳　みすず書房　二〇一一年

あとがき

パゾリーニの映画で一番ドキドキしたのは『テオレマ』だ。主人公のテレンス・スタンプがもともと好きだったのと、彼の在り様が恐ろしいほど不思議で美しかったからだ。

その頃私は学生で、お茶の水女子大学には映画サークルがなかったから試写会や名画座やロードショーでさまざまな映画を見てはノートをとっていたが、一般団体の優秀映画鑑賞会にも入り、定期鑑賞講座に通っていた。その会員向け研究会風の催しで、高名な映画批評家の清水千代太さんが『テオレマ』の解説をする試写会があった。テレンス・スタンプ扮する来訪者がいなくなってからブルジョア一家の父親がミラノ駅で若い男のあとについてトイレに行くシーンについて私は質問した。「男が来訪者に似ていたからついて行ったのですか」と。清水さんはわかりにくいかもしれませんねという風なことを前置きしてから「あれはホモセクシュアルの関係を表しています」と教えてくださった。

ああ、そうなのかと思ったことを今でも鮮やかに覚えている。それと同じような経験をパゾリーニの映画を見るたびに私は重ねている。キリスト教のイコン的見方も多少は上達したと思うが、ダンテやカタリ派のことを勉強しだすと、パゾリーニの映画がもっと豊かで深いものに見えてくる。映画以外のパゾリーニの発言や彼についての研究書を読んでも同じである。

今回、若き日のパゾリーニについて考えながらボローニャ大学時代の恩師（両者の関係はこの言葉があてはまるかどうかわからないのだが）のロベルト・ロンギの批評論集や美術史の本などを翻訳で読んでみた。
すばらしい批評である。たとえば「芸術論叢I──アッシジから未来派まで──」に収められた一九二九年の論文「カラヴァッジョ問題──その先駆者たち──」は、天才カラヴァッジョはある日突然生まれたわけではなく、ロンバルディアの先駆者たちから多くの影響を受けたということをロンギは論じる。引用すると──

実際、新たな古典的世界は、人間が優勢にたつことで、モレットに次のことを確信させる。まず劇中の人物は眼の前に引き寄せられなければならない。しかもその人物は、フォッパの時代のように、単に舞台に登場し姿を見せるだけでなく、訴えかけ主張しなければならないのである。ロンバルディア人としてのこの画家の目は、人物に近づくと同時に、必然的に事物や光にも近づくことになる。この時、造形物に接近した照明光が垣間見せるのは、もはや新しい解剖学の夢ではなく、血と肉からなる皮膚の新しい真実であった。

（岡田温司監訳　中央公論美術出版）

まるでパゾリーニの映画手法の予言的解説ではないか。「血と肉からなる皮膚の新しい真実」。これこそパゾリーニが言う事実を通したレアルタ（真実）だ。

ロベルト・ロンギはアントニオ・グラムシと同じほどパゾリーニに影響を与えたに違いない。

学生時代、夢中になって何度も映画館に通った『テオレマ』は、今はそれほど気にならなくなった。反対に昔のイタリア文化会館で初めて見た『アッカトーネ』は、年月がたてばたつほど私にはのっぴきならない作品に思えてくる。チンピラの主人公、アッカトーネは映画のラストで死ぬが、彼はその時天国に行く、とパゾリーニは自作の解説で語る。確かにバッハの曲が全編に流れる本作にキリスト教の救済のイメージは濃い。それでも天国に行くとは。パゾリーニがアッカトーネを天国に行かせたいのだろうか。いや、もっと強い作り手の確信がここにはある。アッカトーネは天国に行かねばならない。善人なおもて往生を遂ぐ。いかにいわんや悪人をや。というわけではないだろう。アッカトーネだから、彼を演じるのがフランコ・チッティだから……。小説を書く時、セルジォ・チッティに不良言葉で協力してもらったパゾリーニは、ある日弟のフランコを紹介される。内にこもるタイプのフランコはなかなか打ち解けず、パゾリーニの方もあえて近寄らずにいたが、ずっと興味を持ち続けたようだ。『アッカトーネ』のシナリオを書き進めていく時、念頭にあったのはフランコだ。軽犯罪をおかすフランコだったが、彼には「正義の深い感覚」があり、「不正義の方法で正義を擁護する」人物だとパゾリーニは思う。

パゾリーニのこの考え方が興味深く、北イタリアの精神風土をもっと学びたいと思うばかりだ。

＊

第四章2「アッカトーネは誰だ」は、「現代詩手帖」一九九八年第七号掲載分に加筆修正したものである。また、第五章「ノン・コンフォルミズモ（非順応主義）」は、「秋草学園短期大学紀要」二六号（二〇〇九年）掲載の「ピエル・パオロ・パゾリーニの芸術とノン・コンフォルミズモ（非順応主義）」に大幅に加筆修正したものである。

本書に引用したパゾリーニの言葉、及びパゾリーニに関する記事等で訳者名の記載されてない箇所は著者の訳である。

著者

田中千世子——たなか・ちせこ

一九四九年、山梨県に生まれる。お茶の水女子大学文教育学部文学科国語国文学専攻卒、同大学院日本文学研究科修士課程修了。高校教諭を経て映画評論家として「キネマ旬報」誌を中心に執筆を続ける。二〇〇一年以降は『藤田六郎兵衛　笛の世界』をはじめとして自主映画の製作・監督を手がける。主要作品に『能楽師』『みやび　三島由紀夫』『熊野から』など。著書に「イタリア・都市の歩き方」（講談社）。

ジョヴェントゥ　ピエル・パオロ・パゾリーニの青春

二〇一九年一月一日　初版第一刷発行

著　者　田中千世子
発行者　柳原一徳
発行所　みずのわ出版
　山口県大島郡周防大島町西安下庄庄北二八四五
　〒七四二－二八〇六
　電話　〇八二〇－七七－一七三九（F兼）
　振替　〇〇九九〇－九－六八三四二
　E-mail mizunowa@osk2.3web.ne.jp
　URL http://www.mizunowa.com

印　刷　株式会社 山田写真製版所
製　本　株式会社 渋谷文泉閣
装　幀　林哲夫
プリンティングディレクション　黒田典孝
（㈱山田写真製版所）

ISBN978-4-86426-037-4 C1098